뾰족한 전나무의 땅

휴머니스트 세계문학 037

뾰족한 전나무의 땅

The Country of the Pointed Firs

세라 온 주잇 | 임슬애 옮김

차례

일러두기

1. 번역 대본으로는 Sarah Orne Jewett, *The Country of the Pointed Firs and Other Stories*(Penguin Classics, 1995)를 사용했다.
2. 주석은 모두 옮긴이 주다.

앨리스 그린우드 하우를 위하여

제1장 돌아옴

　바닷가 마을 더닛에는 어딘가 묘한 매력이 있어 메인주 동쪽 바다에 접한 여느 동네보다 강하게 마음이 동했다. 어쩌면 그곳과 인연이 있다는 단순한 사실에서 애정이 생겼을까. 그래서 암석해안과 어두컴컴한 숲에, 선착장 옆 절벽 바위와 나무들 한가운데 단단히 붙박인 주택들에 깊은 흥미가 생겼는지도 몰랐다. 절벽 위의 집들은 바다 풍경을 한껏 즐길 수 있었으며 아담한 정원에 단호한 마음으로 꽃송이와 명랑함을 심었다. 가파른 박공지붕 꼭대기 높이 달린 작은 창문은 모든 것을 아는 듯한 눈동자로 항구와 그 너머 먼바다, 혹은 북쪽의 긴 바닷가, 그 뒤의 가문비나무와 발삼전나무까지 전부 굽어보았다. 한 마을과 그 주변을 진심으로 알아가는 것은 꼭 한 사람과 관계를 다지는 일처럼 느껴진다. 첫눈에 사랑에 빠진다면 그 과정은 결정적인 만큼 신속하겠지만, 진정한 우정을 기르는 일은 평생의 작업인 법이다.

짧은 첫 방문과 뱃놀이 길에 들렀던 두세 해 여름을 뒤로하고 다시 더닛 랜딩을 찾은 애호가는 뾰족한 전나무가 늘어선 해안도, 정교한 관습과 이곳만의 기벽도 전부 변함없음을 확인했다. 이 벽지다운 습성과 이곳이 문명의 중심이라는 미성숙한 믿음, 언젠가 그의 애정 어린 꿈이 이야기해주었던 믿음도 여전했다. 어느 6월 저녁, 한 승객이 홀로 증기선 선착장에 도착했을 때는 파도가 높고 마중 나온 마을 사람들로 꽤 북적였으며, 그중 젊은 친구들이 들뜬 마음을 억누른 채 흰 물막이 판잣집들 사이로 짭짤한 바닷바람이 부는 마을의 좁은 거리를 그와 동행하고 있었다.

제2장 토드 부인

　시간이 지나며 여름 숙소에 단점이 딱 하나 있음을 알았는데, 단연코 은둔이 불가능하다는 점이었다. 처음에 앨미라 토드 부인의 아담한 집은 끄트머리만 거리에 면한 데다가 앞에 녹음이 우거진 정원이 있어 번잡한 마을에서 멀리 떨어진 채로 아늑해 보였다. 정원에 꽃이라고는 명랑한 접시꽃 두세 송이와 바위취가 약간 피어 있었을 뿐이며, 전부 회색 널벽 앞으로 밀려나 잘 보이지도 않았다. 꽃은 얼마 없는 데다가 그나마도 초록 풀에 가려놓은 꽤 이상한 정원이라 처음 보는 사람은 의아해지고 말았다. 하지만 곧 알게 된 사실은 토드 부인이 야생이든 기른 것이든 약초라면 껌뻑 죽는 열렬한 애호가라는 것, 바닷바람이 불어 드는 낮은 구석 창문 쪽에 스위트브라이어•와 코스트메리••뿐만 아니라 발삼•••과 세이지, 보리지••••와 민트, 서던우드•••••를 비롯해 웜우드••••••까지 가득하다는 것이었다. 토드 부인은 정원에 있는 약초밭 한구석에 갈 일이 있을 때마다 백리향을 꾹꾹 밟아 모두에게 그 향긋한 존재를 알려주었다. 부인은 풍채가 훌륭한 편이었기에 가느다란 줄기들은 발질을 피했다 한들 풍성한 치맛바람에 스쳐 꺾이고 말았다. 잠이 덜 깬 아침에도 정원을 돌아다니는 부인의 움직임이 있다면 알아챌 수밖에 없었고, 몇 주간 머물게 되자 부인이 정원 어디에 있는지도 제대로 어림할 수 있었다.

정원 한쪽에는 평범한 약초 사이에 보물처럼 희귀한 풀들이 자라며 자연의 약전이 융성하는 중이었다. 망각한 과거에 얽힌 희미한 감각과 기억을 자극하는 기이하고 강렬한 향이 풍겼다. 신성하고 신비로운 의식에 쓰였거나 몇 세기 동안 초자연적인 내력이 전해 내려오는 풀도 있을 법했다. 그러나 지

● 유럽 야생 장미의 일종. 건강을 위해 차로 우려 마셨다.

●● 타원형 톱니 모양의 잎을 가진 다년생식물. 월경불순과 복통, 우울증 등에 약으로 쓰였다.

●●● 침엽수에서 분비되는 끈끈한 액체. 기관지병이나 화상, 상처 등 피부 질환에 약으로 쓰였다.

●●●● 보라색 꽃을 피우는 지칫과 식물. 위장과 기관지, 심혈관 질병 등에 약으로 쓰였다.

●●●●● 북미에서 자라는 쑥의 한 종류. 피부 질환과 빈혈, 월경불순 등에 약으로 쓰였다.

●●●●●● 북미에서 자라는 쑥의 한 종류. 벌레와 곰팡이, 세균을 방지하고 우울증이나 간 질환을 치료하기 위해 쓰였다.

금은 한낱 약재로 전락해 토드 부인의 부엌 화구 위 작은 냄비에 투하되어 때에 따라 당밀이나 식초, 증류주와 함께 펄펄 끓을 운명이었다. 그 후에는 몸이 아픈 이웃들에게 분배되었는데, 그들은 밤이면 들켜서는 안 될 것처럼 몰래 오래된 유리병을 들고 부인을 찾아왔다. '인디언의 묘약'이라 이름 붙인 엉터리 약은 무려 15센트였다. 창문 앞을 지날 때면 복용법을 속살대는 소리가 들렸다. 토드 부인은 걸음을 아낄 줄 아는 현명한 사람인지라 약을 사러 온 대부분의 고객은 훈계 없이 부엌을 떠날 수 있었다. 하지만 현관까지 쫓아가서 주의점을 알려줘야 하는 약이나 대문까지 이어지는 치유의 길에 동행해야 하는 약도 있었는데, 그런 경우에는 책이라도 읽듯 길게 복용법을 읊으며 헤어질 때까지 이 모든 정보가 중한 비밀이라는 암시를 풍겼다. 부인이 취급하는 것은 평범한 인체의 질병 이상일지도 몰랐다. 때로는 사랑과 증오, 질투와 바다의 맞바람조차 토드 부인의 정원에 있는 기묘하고 자유분방한 식물 가운데서 적절한 치유책을 찾는 것만 같았다.

마을 의사와 이 해박한 약초 전문가는 사이가 아주 좋았다. 선량한 의사가 약초꾼의 치료제에서 자신이 맡아 해결할 수 있을 부작용을 찾아내 의지하는지도 몰랐다. 어쨌든 의사는 이따금 토드 부인네 집에 들러 울타리 너머로 인사를 주고받았다. 간단한 안부를 묻고 난 후 곧장 직업적인 이야기가 시작되었고, 의사는 손가락으로 달콤한 향이 나는 잔가지를 빙

빙 돌리며 부인의 등골나물 묘약을 향한 지나친 믿음을 두고 뼈 있는 농담을 던졌는데, 실로 우리 집주인의 믿음은 너무나도 굳건해서 때로는 훌륭한 이웃들의 생명과 소명에 위협이 될 정도였다.

약초 채집이 제철을 맞은 6월 말에 이 고요한 바닷가 마을에 도착했다는 것은 토드 부인의 오랜 가문비나무 맥주 양조가 초기 절정에 이르렀을 때 도착했다는 뜻이기도 했다. 이 시원하고 청량한 음료는 오랫동안 실험을 반복한 끝에 더할 나위 없는 경지에 이르렀고, 동네에서 명성이 자자했던지라 금세 재료가 떨어져 보충되곤 했다. 갖가지 연유 때문에 내가 그간 기대한 방해 없는 은둔의 시간은 이곳에서 아주 희귀한 것임이 밝혀졌다. 그러지 않았다면 이 외딴곳도 아주 즐거웠을 텐데. 집주인인 토드 부인과 나는 정오에 조리가 필요 없는 음식으로 간단하게 점심을 먹고 저녁에 기분이 내키면 따뜻한 식사를 제공받는 것으로 깔끔하게 계약해두었는데, 종종 저녁 거리에서 손에 놀래기 생선을 들고 부리나케 걸어가는 부인을 볼 수 있던 것은 그런 연유였다. 토드 부인의 숲과 초원을 아우르는 약초 채집은 시간이 걸리는 일이라 우리의 식사 계약이 가계에 큰 보탬이 된다는 사실을 곧 알게 되었다. 날이 더워 가문비나무 맥주를 찾는 고객이 끊이지 않는데다가 다양한 진정 시럽과 묘약 문의가 계속된다는 것도 체류 초기 나의 현명하지 못한 호기심으로 알게 되었다. 남편을 여읜 토드 부인에게 이 빈약한 사업과 단 한 명의 배고픈 숙박인 외에 수입원이 거의 없다는 사실을 안 이상 곧장 나의 기력과 관심을 내줄 수밖에 없었고, 부인이 화창한 날에 으레 풀밭으로 떠날 때면 숙박인은 집에 남아 옆문을 두드리는 위압적인 노크에 답하는 것이 당연지사가 되었다.

이따금 토드 부인과 산책하며 지혜를 전수받고 부인이 잦은 외출을 하는 동안 동업자 노릇을 하다보니 7월이 훌쩍 지났는데, 낮에 벌어들인 2달러 27센트를 마주한 채로 어마어마한 자부심과 기쁨을 느끼던 어느 밤에서야 슬프게도 마감이 지나버렸으나 꼭 써야만 하는 긴 글을 떠올리게 되었다. 다정한 손길이 어깨를 두드리고 "우리 동생" 하고 부르는데, 저녁 식사로 때 이른 버섯이 깜짝 등장했는데, 하루 만에 2달러 27센트를 벌어들였는데, 이 즐거운 성취를 전부 잊어버리고 혼자 방에 틀어박히려면 큰 결심이 필요했다. 글쓰기를 업으로 삼으면 좋다가도 예상치 못한 일이 생겨 곤란해지는 법이고, 내 직업적 양심의 목소리가 가까운 몽돌 해변의 파도 소리보다 요란해지자 토드 부인에게 앞으로는 방에 틀어박혀 일에 전념해야겠다며 아쉬운 소리를 할 수밖에 없었다. 이제는 우리가 '손님맞이'라고 부르던 일의 기쁨을 즐길 여유가 없다고 말했을 때 부인은 그 어느 때보다 애틋하고 안타까운 목소리로 내가 짐작한 만큼의 실망을 드러냈다. 나는 온 동네에 잘못을 저지르는 기분이었는데, 겨우내 그들의 아픔을 달래줄 갖가지 야생 약초를 채집해야 하는 중요한 기간에 부인의 자유로운 운신에 도움을 주지 못하게 되었기 때문이다.

"그래, 동생." 토드 부인이 슬픈 목소리로 말했다. "그간 동생이 여기 있다는 걸 잘도 이용해먹었지. 이렇게 수확이 좋은 해도 오랜만이지만, 이렇게 믿음직한 사람이 옆에 있었던 적이 없거든. 동생에게 부족한 점이 없지는 않지만 시간이 지나면 판단력도 생기고 경험도 쌓여서 이 업에 정통해질 것 같아. 내 누구한테든 장담하지."

토드 부인과 나의 사업적 관계가 변하는 바람에 사이가 멀어지거나 끊어지지는 않았다. 그와 반대로 친밀감은 한층 깊어지는 듯했다. 이슬이 내리고 달이 휘영청한 늦은 저녁, 바다에서 시원한 바람이 불면 때때로 느껴지던 기묘한 향기가 어느 약초에서 나던 것인지 나는 모른다. 다만 그럴 때면 토드 부인은 누구든 붙잡고 이야기를 나누려고 했고, 나는 기쁘게 귀 기울였다. 우리 둘 다 저녁의 매혹에 사로잡혔고, 부인은 창밖에 서 있거나 내가 사용하는 거실로 와서 말을 걸고는 대단하지도 않은 그날의 소식을 전하거나 어느 안개 낀 여름밤에 그랬던 것처럼 깊은 속내를 털어놓았다. 그렇게 나는 토드 부인이 한때 지위 높은 남자를 사랑했다는 사실을 알게 되었다.

"아니, 동생, 내가 말하는 그 남자는 꿈도 못 꿀 상대였어." 토드 부인이 말했다. "어렸을 때 서로 좋아했는데, 그 댁 어머니가 마뜩잖아해서 우리를 갈라놓으려고 별짓을 다 했지. 우리 둘 다 결국에는 제짝을 찾았다고들 하지만, 가장 간절히 원하던 바는 아냐. 이제 둘 다 혼자됐으니 언제든 다시 만날 수 있겠지. 그 남자는 유복해서 뱃사람이 될 필요가 없었고, 어지간히 잘살았어. 그쪽은 지체 높은 가문 출신이고, 우리 가족은 평범하고 성실한 사람들이야. 얼굴 본 지도 오래됐네. 그 남자는 어린 시절의 감정 따위 다 잊었겠지만, 여자의 마음은 다르거든. 이제 다 잊었구나 싶다가도 그때 느끼던 것들이 되살아나. 해가 바뀌고 봄이 오듯이. 아무튼 그 남자 소식도 자꾸 들려오고."

토드 부인은 흐릿한 조명 속에서 땋아 만든 러그를 밟고 서 있었는데, 흑백 동심원 무늬 때문에 발 주변이 빙빙 도는 듯 보였다. 층고 낮은 공간 속에서 큰 키와 커다란 덩치 탓에 거대한 시빌라• 조각상 같아 보였고, 작은 정원에서 알 수 없는 약초의 기묘한 향이 밀려들었다.

• 고대 그리스에서 신탁을 전하고 미래를 선지하던 여성 예언자.

그러고는 며칠 내내 토드 부인의 고객들이 나타나 내 창문 옆을 지나쳤고, 건초 제작도 철이 끝나가 뭍 안쪽의 이방인들까지 밀려들었다. 부인의 명성은 그 정도로 드높았다. 이따금 한여름까지 낙화하지 못한 흰 아네모네처럼 창백한 얼굴에 진하고 쓸쓸한 피로의 흔적이 남은 청년을 마주칠 때도 있었다. 하지만 그보다 익숙한 방문자는 농장에서 온 땅땅하고 성실한 두 여자로, 그들은 크고 유쾌한 목소리로 토드 부인에게 자세한 증상을 설명하며 친근한 대화와 건강 증진의 기회가 주는 만족을 한데 합쳤다. 그들 역시 약초 치료에 관한 지식이 많은 듯했다. 나는 나의 집주인이 타고난 재능을 갈고닦은 학교의 존재도 알게 되었다. 하지만 대장은 어김없이 토드 부인이었기에 (때에 따라 약초의 종류는 달랐으나 가령) "히숍•을 한 줌씩 먹어"라는 식으로 마지막 지침이 내려지면 존중 어린 침묵의 반응이 이어졌다. 어느 오후, 평소보다도 게으른 펜을 손에 쥔 채 유달리 열띠고 사적인 대화에 귀를 기울였다가(귀마개가 없었기에 안 들을 수 없었다) 웃음을 터뜨린 뒤 또 귀를 기울였고, 결국 잉크 닦는 압지 묶음을 비롯해 필요한 것을 전부 팔에 끼고는 유혹을 떨쳐내려는 결심으로 자리에서 일어나 향긋한 초록 정원을 지나 먼지 이는 오르막길을 걸었다. 길은 곧장 언덕으로 이어졌고, 나는 곧 멈춰 서서 고개를 돌려 뒤를 보았다.

밀물이었고, 널찍한 항구 주변으로 어두침침한 숲이 보였으며, 조붓한 목제 주택들은 부두와 바투 맞닿아 있었다. 토드 부인의 집은 바다에서 시작되는 길 끝에 있었다. 회색 바위가 울퉁불퉁한 절벽은 대부분 잔디로 덮여 있었는데, 초원에는 소귀나무와 들장미가 흐드러졌다. 바다 멀리 뭍 안쪽으로 구릉과 여기저기 흩어진 농가가 보였다. 언덕 정상에는 자그맣고 흰 학교 건물이 풍랑에 너덜너덜해진 외양으로 서 있었다. 배에 탄 선원들에게 고향에 도착했음을 알려주는 건물이었다. 학교 문간에서부터 아름다운 바다와 바닷가 풍경이 보였다. 한창 여름 휴가철이었고, 나는 문이 열려 있는 것을 발견하고 바다가 내다보이는 창가로 가서 오랫동안 풍경을 감상하다가 소귀나무 옆 그늘진 곳에서 잠시 고민한 끝에,

● 보라색 꽃이 피는 꿀풀과 식물. 거담제, 발한제 등으로 쓰였다.

상점이 모여 있는 마을 번화가로 가서 더닛 랜딩의 독재자인 행정 위원 형제를 찾아내 솔깃해하는 두 남자에게 일주일에 50센트를 임대료로 내고 학교 건물을 빌리겠다고 했다.

이기적인 이야기 같지만 학교에서 홀로 지내는 시간에는 좋은 점이 많았고, 작고 길쭉한 창문으로 밀려들며 무거운 덧문을 앞뒤로 흔드는 바닷바람만을 즐기는 동안 아무런 방해 없이 그곳에서 여러 날을 보낼 수 있었다. 꼬마 학생처럼 현관 벽에 붙은 옷걸이에 모자와 점심 바구니를 걸고서는 내게 그럴 만한 권위라도 있는 듯 교사용 책상에 앉아 앞에 줄줄이 쭈뼛쭈뼛 늘어선 빈자리들을 바라보았다. 이따금 무료한 양 한 마리가 등장해 문간에 서서 오랫동안 안을 들여다보았다. 해가 지면 일에 몰두했다는 자부심과 함께 다시 마을로 향하는 내리막을 걸었는데, 언덕 중간쯤에 다다르면 토드 부인이 정원의 약초가 아닌 따뜻한 저녁 식사를 요리하는 냄새가 풍겼다. 토드 부인이 참석해야 하는 모임이나 다른 공적 활동이 있는 밤에는 일찍 차를 마셨고, 나는 오랫동안 자리를 비웠다가 돌아온 사람처럼 환대받았다.

한두 번 핑계를 대고 집에 머문 적도 있었다. 토드 부인이 멀리 외출을 한 뒤 양손 가득 앞치마 무겁게 식물을 챙겨 늦게 귀가하는 날이었다. 페니로열*이 필 때고 귀한 로벨리아**가 한창이며 목향도 하나둘 보이기 시작하는 시기였다. 하루는 부인이 학교에 나타났는데, 내가 무슨 일을 하는지 흥미와 호기심을 표현하기도 했으나 이 동네 탠지●●●는 학교 터에서 자라는 것만큼 싱그럽지 않아서 들렀다고 고백했다. 봄철 내내 바람을 맞고 무럭무럭 자란 것으로, 꼭 어린 시절에 고생을 많이 하다가 죽기 전에 인생을 즐기게 된 사람들 같다고.

● 꿀풀과 박하풀의 한 종류. 여름에 분홍빛 꽃을 틔우며, 향이 강렬하고 독성이 있어 주로 향료나 해충 방지제로 사용했다. 월경 촉진이나 임신중절의 목적으로 쓰기도 했다.

●● 여름에 파란색, 흰색의 잔꽃이 피는 숫잔댓과 식물. 천식과 백일해의 약용식물로 재배했다.

●●● 국화과에 속하는 식물. 노란 단추 모양의 꽃이 피며 아이들을 위한 해충 방지제, 구충제 등으로 쓰였다.

제4장 학교 창가에서

　하루는 알고 지내던 이웃의 장례식에 참석하느라 학교에
아주 늦게 도착했다. 슬프게도 그의 건강이 악화되고 있다는
사실은 잘 알았고, 임종이 가까워졌을 무렵에는 의사와 토드
부인이 함께 노력했는데도 아픔을 덜어줄 수 없었다. 장례식
은 1시에 시작되었고, 나는 2시 15분에 학교 창가에서 조문
객들이 저 아래 해안가 도로를 따라 걸어가는 모습을 내려다
보았다. 장례 행렬은 멀리 있었으나 진중하게 걸어가는 대부
분의 문상객을 알아볼 수 있었다. 베그 부인은 생전에 지극히
존경받았기에 묘까지 배웅하려는 친구가 많았다. 이 근방의
농장 한 곳에서 어린 시절을 보낸 부인인데, 두어 번인가 만
났을 때마다 작은 마을에서 사는 것이 몹시 불만스럽다고 했
다. 더닛 랜딩 사람들은 자기 취향보다 지나치게 가깝게 지내
는 데다가 바다에서 끊임없이 들려오는 소리에 적응하지 못

하겠다고 했다. 뱃사람 셋과 결혼하고 사별했으며, 남편들이 무거운 목재를 실은 배로 떠났다가 돌아오면서 가져다준 서인도제도의 희귀한 보물, 소라 껍데기와 섬세한 산호 표본으로 집을 꾸미고 살았다. 토드 부인이 우리 이웃의 역사를 전부 이야기해주었다. 같이 어린 시절을 보냈고, 부인의 말을 빌리자면 "저마다 고생을 잔뜩 하고 그 고생의 명암을 전부 깨우칠 때까지" 함께했다. 창가에 서 있는데 토드 부인의 슬픔에 잠긴 커다란 몸집이 보였다. 걸음을 늦춰 행렬과 거리를 두더니 나중에는 줄곧 뒤쪽에서 따라가며 손수건으로 눈가를 훔쳤다. 나의 절절한 연민은 부인의 슬픔이 진실하다는 것을 알았다.

토드 부인 옆에 있는 사람은 가까스로 알아볼 수 있었는데, 행렬 중 그 누구의 혈연도 아닌 기이한 이로, 내게는 항상 수수께끼 같던 노인이었다. 노인의 여위고 굽은 몸이 보였다. 폭 좁은 뒷자락이 길게 늘어진 외투 차림으로 지팡이를 짚고 걸었는데, 고지대의 바람에 휜 나무들처럼 풍향 따라 등이 굽어 있었다.

그는 리틀페이지 선장으로, 그와의 만남은 꽉 닫힌 창문 너머에 앉아 있는 창백하고 늙은 얼굴을 한두 번 본 것이 전부였다. 집 밖에 나온 모습은 처음이었다. 내가 그에 관해 질문을 던질 때마다 토드 부인은 고개를 무겁게 가로저으며 너무 많이 변했다고 답했고, 선장의 사연을 비밀처럼 취급했다. 노인은 마치 정원 한구석의 달팽이 출몰지에서 자라는 식물 같았다. 부인이 어디에 쓰는 것인지 알려준 적은 없으나 언젠가 달빛이 환한 밤에 커다랗고 희끄무레한 블러드루트* 잎사귀 같은 것을 약재가 아닌 마법의 재료 다루듯 끄트머리를 잡고 잘라내는 장면을 목격했을 때, 바로 그 식물.

부인이 늙은 선장의 힘없는 발걸음에 맞추려 애쓰는 중임을 알 수 있었다. 노인은 웬 늙은 메뚜기의 인간 변종 같았다. 두 사람 뒤에 있는 키도 몸피도 작고 성질이 급한 여자는 선장의 집을 돌봐주는 이였는데, 토드 부인을 비롯한 마을 사람들은 일을 제대로 하지 않는다고 평가했다. 친밀한 사이라면 목소리를 낮춰 "그 마리 해리스라는 여편네"라고 속닥이는 대상이었으나 실제로 마주할 때는 긴장한 채 예의를 갖춰 대했다.

만에 폭 싸인 섬들과 저 너머 너른 바다는 남쪽과 동쪽 멀리 수평선까지 뻗어 있었다. 전경의 짤막한 장례 행렬은 울퉁불퉁한 해안 끝에 다가서자 덧없고 무력해 보였다. 7월 초순의 화창한 날로, 하늘이 맑고 높았다. 구름 한 점 없고 바다도 소음 없이 잔잔했다. 멧종다리의 끊임없는 지저귐은 불멸을 알아서 즐겁다는 듯, 하찮게도 죽음에 좌지우지되는 자들

● 뿌리가 붉은 양귀비과 식물. 북미가 원산지다. 거담, 최토, 월경 촉진 등의 목적으로 쓰였으며 독성이 있어 과용 시 갈증, 현기증, 복통을 일으켰다.

이 경멸스럽다는 듯했다. 조금씩 움직이던 장례 행렬이 아래로 이어진 경사로의 굽이를 돌아 동굴에 들어가듯 광활한 풍경에서 자취를 감출 때까지 나는 창가에 서서 지켜보았다.

한 시간쯤 지났을 때는 글을 쓰느라 여념이 없었다. 이따금 길을 잃은 벌 한 마리가 나타나 나를 천적으로 착각했다. 그러나 교사용 책상 옆에 유용한 회초리가 있어 책상을 쾅쾅 쳐서 말 안 듣는 학생을 다루듯 벌의 버릇을 고쳐주거나, 이리저리 휘둘러 잉크병 위에서 윙윙거리는 녀석을 쫓아냈다. 잉크는 선착장에 있는 상점에서 샀는데, 노동에 시달려 불안한 필경사들을 달래주려는 듯 베르가모트● 향기가 첨가된 것이었다. 그날 한 불안한 필경사는 참으로 무료했는데, 가까운 곳에서 양 한 마리가 목에 달린 방울을 울려 그의 산만한 정신을 다잡아주기도 했다. 이런 사랑스러운 여름의 리듬을 문장으로 포착해내기란 도저히 불가능했다. 처음으로 옆에 누군가가 있었으면 좋겠다고, 지금껏 무의식적으로 잊고 있던 바깥세상의 소식을 듣고 싶다고 생각했다. 장례식을 지켜보면서는 일종의 고통을 느꼈다. 장례식이 끝날 무렵 서둘러 자리를 뜨는 대신 다른 사람들과 함께 행렬을 따라갔어야 했는지도 고민되었다. 어쩌면 장례식에 갖춰 입은 복장

● 불안과 긴장을 완화하는 효과가 있는 감귤류 식물. 벌이 그 향을 좋아하는 것으로 알려져 있다.

때문에 기분이 축 가라앉아서 드는 생각인지도 모르겠으나, 이제 나는 나 자신과 친구들에게 내가 결국 더닛 랜딩 사람이 아니라는 점을 상기시킨 것만 같았다.

나는 한숨을 쉬었고, 반쯤 채워진 종이로 시선을 되돌렸다.

제5장 리틀페이지 선장

    그리고 오랜 시간이 지났다. 잠시라도 한눈팔 일이 없는 조용한 바닷가 마을에서는 한 시간도 긴 시간이다. 일에 완전히 몰입해 있는데 밖에서 발소리가 들렸다. 언덕 윗길과 아래 도로 사이에는 가파른 지름길이 있었는데, 나는 아이들에게 배워 종종 이용하는 경로였으나 토드 부인이라면 급하게 나를 찾아야 하는 사정이 있지 않는 한 선뜻 올라오지 못할 급경사였다. 나는 시간에 쫓겨 부리나케 글쓰기를 이어갔다. 발소리가 가까워지며 양의 목 방울이 마구 울리는데 꼭 누군가가 양의 얼굴에 대고 막대기라도 흔드는 것 같았다. 고개를 들자 가장 가까운 창문 너머 리틀페이지 선장이 지나가는 모습이 보였다. 곧 그가 정중하게 문을 두드렸다.

    "들어오세요, 선생님." 내가 그를 맞이하려고 자리에서 일어서며 말했다. 그는 들어와 한껏 예의를 갖추고 고개를 숙였다. 나는 강단 위에 있는 책상에서 내려와 그에게 창가 의자에 앉을 것을 권했고, 가엾게도 가파른 길을 올라오느라 지친 그는 바로 자리에 앉았다. 나는 고정석인 교사용 책상 뒤로 돌아갔기에 그가 나의 아랫사람이나 학생인 듯한 모양새가 되었다.

"리틀페이지 선장님, 선장님이 여기 높은 자리에 앉으시는 게 낫겠어요." 내가 말했다.

"이곳은 가지각색의 전원 풍경이 내다보이는 행복한 자리인걸요."

그가 창밖의 햇살과 숲이 길게 이어진 해안을 바라보며 시구를 인용했다. 그러고는 나를 흘긋 보더니 아이처럼 즐거운 얼굴로 주위를 살폈다.

"제가 인용한 것은 《실낙원》에 나오는 시구이지요. 세상에서 가장 위대한 시예요. 선생님도 아시겠지요?" 나는 고개를 끄덕였다. "제 생각에는 《실낙원》에 비할 것이 없습니다. 정말 고아하지요. 정말 고아해." 그가 덧붙였다. "셰익스피어도 위대한 시인이었어요. 과연 생을 재현해냈지만, 그의 시를 읽으려면 상스러운 이야기를 너무 많이 견뎌야 해서."

그제야 나는 언젠가 토드 부인이 리틀페이지 선장은 책을 너무 많이 읽어서 정신이 산란하다고 말했던 것을 기억했다. 그가 무어라 설명할 수 없는 '마법' 같은 것에 홀렸다는 음산한 이야기도 들었다. 그가 무슨 일로 나를 찾아왔는지 절로 궁금해졌다. 어딘가 꽤 매력적인 구석이 있는 외모였다. 갸름한 얼굴에는 세련된 섬세함이 있었는데, 외로움과 오해로 마음을 앓아 생긴 듯한 깊은 주름에 마음이 쓰였다. 신경 써서 옷을 갖춰 입은 차림새는 독신인 누나의 애틋한 돌봄을 받는 남동생 같았지만, 나는 마리 해리스가 흔하기 짝이 없는 상스러운 여자라 그 정도의 안목이 없다는 사실을 알았다. 분명 선장이 스스로 꼼꼼한 집사 노릇을 하는 것이리라. 그는 기대하는 눈초리로 나를 바라보았다. 그 특이한 두상과 길고 깡마른 몸을 보고 있자니 걷는 대신 뛰어야만 하는 삶을 살아온 것은 아닐까 생각하게 되었다. 선장은 실로 진중한 사람이라 나는 신중함을 발휘해 머릿속에 떠오르는 상상들을 단속해야 했다.

"가엾게도 베그 부인이 돌아가셨어요." 내가 용기 내서 입을 열었다. 나는 애도 차원에서 여전히 옷을 갖춰 입고 있었다.

"돌아갔지요." 선장이 말했다. "아주 편안하게 죽었다고 들었습니다. 죽게 되어 기쁘다는 듯이 슬며시 갔다고."

나는 카베리 백작 부인•을 떠올렸고, 역사는 반복될 뿐이라는 생각을 했다.

"오랜 토박이 중 한 사람이었지요." 이야기를 이어가는 리

• 리틀페이지 선장의 이야기는 영국의 신부이자 작가 제러미 테일러(1613~1667)가 카베리 백작 부인의 장례식에서 했던 설교의 한 대목과 유사하다.

틀페이지 선장의 목소리에 깃든 진솔함에 마음이 동했다. "마을 사람들이 깊이 존경했답니다. 그리워들 할 거예요."

선장을 바라보던 나는 혹시 그가 목사 집안 출신일까 궁금해졌다. 뉴잉글랜드의 오랜 성직자 집안에 내려오는 정제된 근엄함이 깃든 외모와 분위기였다. 하지만 다윈이 자서전에서 말하지 않았던가. "선장에 비할 왕은 없으니, 선장은 왕이나 교장보다도 위대하다!"

리틀페이지 선장은 따가운 햇살을 피해 의자를 옮기더니 그 후에도 가만히 앉아 나를 바라보았다. 나는 그가 무슨 일로 찾아왔는지 너무나 궁금해지기 시작했다.

"조만간 알게 될지도 모릅니다." 그가 진솔하게 말했다. "우리가 다음 단계를 전부 알아낼지도 몰라요. 가령 베그 부인이 지금 어디 있는가 하는 문제. 우리 모두가 바라는 것은 추측이 아닌 확실한 답이니까."

"언젠가 인류가 모든 걸 알아낼 수도 있겠지요." 내가 말했다.

"언젠가 알아낼 수도 있겠으나 지금까지는" 하고 힘주어 말하는 선장의 핼쑥한 뺨이 조급함으로 붉어졌다. "올바른 방향으로 진실을 추구하지 못했어요. 난 내가 무슨 말을 하는지 잘 알아요. 날 비웃는 사람들은 내 사상이 얼마나 굳건한 근거에 기반하는지 잘 몰라." 선장은 저 아래 마을을 향해 손을 저었다. "저기 작은 마을에 사는 사람들은 자기가 우주를 이해하고 있다고 착각하지요."

나는 미소를 머금은 채 그가 말을 잇기를 기다렸다.

"나는 늙은이입니다, 보시다시피." 그가 다시 이야기를 시작했다. "그리고 오랜 시절 선장 노릇을 했지요. 총 43년이에요. 그렇게 안 보일지 모르겠으나 여든 살을 훌쩍 넘겼어요."

정말 여든 살로 보이지는 않았기에 나는 잽싸게 그렇게 말했다.

"그렇다면 바다를 떠난 것도 꽤 오래전이시겠어요, 리틀페이지 선장님?" 내가 물었다.

"적어도 대여섯 해는 더 일할 수 있었지요." 그가 답했다. "내가 알고 지내던 사람 때문에, 아니 내가 경험한 것들이라고 해야겠지. 아무튼 그 경험 때문에 다들 내게 편견을 갖게 됐어요. 스스럼없이 말할 수 있습니다. 나는 인류 역사상 가장 위대한 발견에 몸담은 적이 있다고."

지금 우리는 위험한 이야기를 시작하고 있었으나 그가 무지한 사람들 때문에 고통받았다는 것을 알게 된 나는 문득 힘을 보태고 싶은 데다가 진심 어린 공경심이 샘솟아 이야기를 더 들려달라고 청했다. 이때 제비 한 마리가 왕산적딱새● 에게 쫓기기라도 하는 듯 학교로 날아들었고, 잠시 벽 이쪽저쪽에 몸을 부딪다가 다시 밖으로 도망쳤다. 하지만 리틀페이

● 머리와 등이 회색이며 배 부분은 노란색 또는 흰색을 띤다.

지 선장은 이런 난리에 전혀 관심이 없었다.

"중요한 건수가 있었지요. 런던 부두에서 처칠 주둔지라고, 허드슨만에 있는 오래된 기지까지 각종 잡화를 운반해야 했거든요." 선장이 진지하게 말했다. "입항이 늦어진 데다가 북향으로 바다를 건너는 내내 맞바람이 불고 거센 파도가 일어 어찌나 힘들던지. 그런데 안개가 자욱해 입항도 못 하겠고 말입니다. 마침내 도착했을 때는 그런 상태의 배와 선원들을 데리고 북쪽 바다에서 지체할 여유가 없었어요. 선원들은 나 몰라라 해서 속이 부글거렸고요. 다만 우리 배 일등 선원은 건실하고 훌륭한 녀석이라 봄까지 그 추운 곳에 눌러앉을 생각이 없었거든요. 그래서 우리는 최대한 빨리 허드슨만을 떠나 바다로 나아갔습니다. 우리 둘 다 배에 지분이 있었는데, 나는 8분의 1, 그 친구는 16분의 1이었어요. 우리 배는 '미네르바'라는 전장 범선이었는데, 낡아서 물이 새기 시작한 참이었어요. 미네르바를 타고 바다에 나가는 건 마지막이지 싶었고 실제로 그랬습니다. 한창일 때는 끝내주는 배였어요. 그 배에 같이 탔던 겁쟁이 녀석들을 높이 평가할 수는 없겠지만."

"조난이었나요?" 내가 물었고, 선장은 오래도록 아무 대꾸도 하지 않았다.

"배가 잘못된 게 내 탓은 아닙니다." 선장이 음울하게 말했다. "우리는 바닥짐을 싣지 않은 채로 처칠 주둔지를 떠났지요. 그런데 회사에서 행정절차를 고집하는 바람에 신경질이

나 죽을 뻔했어요. 게다가 서둘러 준비하느라 줄곧 갑판에 나와 있다가 감기가 들었는지, 허드슨해협을 향해 뭍이 보이지 않는 곳까지 나왔는데 열이 펄펄 끓어서 아래층에 머물러야 했습니다. 해가 짧아졌고, 항해는 순조로웠고, 나 빼고 다들 건강했고, 선원들이 제 몫을 다했지요."

예상과는 다른 전개라 나는 다소 지루해지고 말았다. 리틀페이지 선장의 느릿하고 적확한 말하기 방식은 내가 맛 들인 바다 모험담 특유의 자극이 없었다. 그러나 그가 거세진 바람에 관해 설명하는 동안, 궂은 날씨라든가 배의 가벼운 중량 때문에 선체가 양동이 속 나뭇조각처럼 흔들리며 노를 저어도 바로잡히지 않고 돛을 세심하게 조작해도 제대로 반응하지 않는 등 어려움을 겪었던 여정에 관해 따분한 어조로 이야기를 늘어놓는 동안 나는 성심성의껏 귀 기울였다.

"어찌어찌 바람에 실려 앞으로 나아가기는 했지요." 선장은 불평조로 이야기하다가 이쪽을 보고는 내가 괘씸하게도 딴생각에 빠져 있다는 것을 알아챈 끝에 입을 다물고 말았다.

"그 시절에 뱃일이라니 분명 힘드셨겠어요." 내가 다시 흥미를 그러모아 말했다.

"짐승 같은 삶이었지요." 가여운 노신사는 기운을 차리고 말했다. "하지만 이 업을 좇다보면 어엿한 인간이 될 수 있었습니다. 이 마을도 상황이 안 좋아진 게 보여요. 건달이 가득합니다. 그 게으른 녀석들 전부 보잘것없이 가난하니 옛날이었다면 바다로 갔을 텐데요. 평생 잘나갈 일 없는 녀석들에게 바다 일보다 좋은 업은 없지요. 그리고 내 생각에 어느 공동체든 자기들 일에만 함몰되어 난잡한 싸구려 신문만 읽고 바깥세상 이야기를 접하지 않는다면, 정신이 쪼그라들고 끔찍한 무지만 자라납니다. 옛날에는 이 마을의 훌륭한 이들 상당수가 항구를 백 개씩은 알고 거기 사는 사람들의 생활 방식에 관해서도 아는 바가 있었지요. 자기 눈으로 세상을 바라보았고, 아내나 아이와 다른 관점을 즐겼습니다. 그저 둘러보기나 했을 뿐이니 빠삭하지는 않았겠으나 바깥세상과 그 법칙을 조금은 알았고, 이곳 더닛에서 한자리하려고 애쓰는 수준은 넘어섰달까요. 균형 있는 관점이었습니다. 그래요. 한층 위엄 있는 삶이었고, 집 안팎으로 나은 상황이었습니다. 사회적으로 봤을 때 해운업이 쇠락한 것은 뉴잉글랜드 중에서도 이 지역에 큰 손해입니다. 선생님."

"저도 그 생각을 했어요." 나는 흥미가 살아나서 대꾸했다. "그 이유로 많은 것이 바뀌었잖아요. 슬프게도 선장이라는 직업 역시 사라지고 있고요?"

"배의 지휘자는 독서에 습관을 들이기 마련입니다." 나의 말벗은 더욱더 환해진 얼굴과 사뭇 감동적인 스스럼없는 태도로 이야기를 이어갔다. "선장은 선원들과 어울려서는 안 되므로, 함께하는 사람들을 위해 지루한 밤낮 동안 책에 얼굴을 묻습니다. 오랫동안 뱃일을 한 선장들은 대부분 무언가에 정통하게 되지요. 농사에 관해 읽는 사람도, 의학에 빠삭하게 된 사람도 있어요. 그런 선장을 모신 선원들에게는 신의 도움이 필요하겠지만! 역사에 몰입한 사람도 있고, 이따금 나처럼 시인들에게 시간을 내주는 사람도 나타납니다. 벌과 양봉에 빠진 선장과도 가까이 알고 지냈지요. 항구에서 만나 같은 배에 타게 되면 옆에 앉아 벌들이 얼마나 아는 것이 많은지, 양봉으로 얼마나 많은 돈을 벌 수 있는지 끝도 없이 지껄이는 친구예요. 온 바다 역사의 선장을 통틀어 그렇게 똑똑한 사람이 없을걸요. 사람들은 그 친구가 오랫동안 지휘한 바크형 범선 '뉴캐슬'을 '터틀의 벌집'이라는 별명으로 불렀지요. 제이미슨이라는 선장 영감도 있었습니다. 솔로몬의 신전에 관해 자기만의 의견이 있는 친구라 성경에 나오는 비율 그대로 크기만 작게 아주 근사한 모형을 만들었지요. 작은 배 모형을 만들고 새로운 삭구를 개발하는 뱃사람들 다 마찬가지예요. 네, 우리 지방 같은 곳에서 뱃일을 대신할 수 있는 건 없습니다. 나는 그 자전거라는 게 아주 끔찍하더군요. 길을 떠나야만 겪을 수 있는 진정한 경험의 기회를 제공하지 못해요. 전혀. 옛날에는 여행을 떠날 때면 목적의식 같은 것이 있었고, 집에 돌아오면 자부심을 갖고 머물고는 했습니다. 요즘 시대에는 원대한 사고방식을 찾을 수가 없어요. 최악이 최고가 되고 모든 것을 지배하지요. 세상이 거꾸로 뒤집혀 조금씩 퇴행하고 있다니까요."

"아, 안 돼요. 리틀페이지 선장님, 그러지 않았으면 좋겠는데요." 나는 선장의 마음을 달래주려 애썼다.

학교 안에 침묵이 감돌았으나 저 아래 바다에서 나는 소리가 들렸다. 조수의 변화를 경고하는 듯한 묘한 파도 소리였다. 늑장을 부리는 금빛 지빠귀가 지척에 있는 들장미 덤불에서 즐거움에 겨운 들뜬 소리로 지저귀었다.

제6장 기다림의 땅

"미네르바를 타고 힘든 여행을 하셨군요. 나중에는 어떻게 버티셨나요?" 내가 물었다.

"기꺼이 설명해드리지요." 리틀페이지 선장은 비통한 불만 일랑 잠시 잊고 내 질문에 답했다. "지도가 있다면 제대로 설명할 수 있을 텐데. 전진과 후진을 반복하며 패리의 신항로●라고 부르던 곳을 향해 나아가다가 길을 잃었습니다. 안개가 자욱해서 배를 잃고 말았지요. 미네르바는 바위에 부딪혔고, 가까스로 해안까지 갔는데 무인도인 것 같더군요. 살아남은 사람은 많지 않았습니다. 배가 처음 충돌했을 때 바다가 전보다 잔잔해진 참이라 선원 대부분이 내 말을 듣지 않고 서둘

● 영국의 모험가 윌리엄 에드워드 패리(1790~1855)가 캐나다 북쪽 바다에서 극지방까지 개척한 항로.

러 작은 배를 내려 노를 젓기 시작했지만, 그 후로 소식을 듣지 못했습니다. 우리 배도 난리였는데, 같이 있던 목수가 난파를 막아내 우리는 표류하다 해안에 닿았어요. 나는 열병을 앓고 얼마 지나지 않아 힘이 없던 탓에 그저 누워 죽기만을 기다렸습니다. 하지만 다음 날 목수가 인간과 개의 흔적을 발견했고, 해안을 따라 걷다가 모라비아 교도•들이 먼 타향에 지은 선교 본부에 도착했지요. 거기 있는 사람들도 가난하고 힘들게 살더군요. 하릴없는 곳이었지요. 그 지방에는 에스키모인도 조금이나마 남아 있었어요. 우리는 그곳에 한동안 머물렀고, 기이한 일을 겪었습니다."

선장은 고개를 들고 질문하는 듯한 눈길을 던졌다. 나는 선장의 눈동자에 깃들어 있던 지루한 기색이 사라졌음을 감지했는데, 이제 그의 눈은 명확한 목적의식이 떠올라 새카맣고 또렷했다.

"보급선이 올 예정이었고, 훌륭한 기독교인이던 목사는 우리가 그 배를 타고 돌아갈 수 있으리라 믿어 의심치 않았습니다. 그이는 선교를 중지하라는 명령이 떨어지기만을 기다렸어요. 하지만 모든 것이 불확실했기에 우리는 한동안 그저 최선을 다해 버텼습니다. 낚시도 하고, 이런저런 방식으로 사람들을 도왔지요. 우리가 진 빚을 갚을 방법이 따로 없었는걸

● 체코에서 유래한 기독교 교파. 활발한 선교 활동으로 이름났다.

요. 나는 건강이 나아질 때까지 목사님 집에 머물렀는데, 식구가 워낙 많은 데다가 내가 귀찮겠다는 생각이 들어서 핑계를 대고 스코틀랜드에서 온 나이 든 뱃사람과 함께 지내기로 했습니다. 그이가 직접 짓고 사는 아늑한 오두막에 손님방이 하나 있더라고요. 존경받는 사람이었고, 목사와 지역민들 사이에 문제가 생겼을 때 목사 옆을 굳건히 지켰습니다. 북극으로 가는 길은 찾았으나 돌아오는 길은 찾지 못했던 영국의 탐험 대원● 중 하나였지요. 우리는 사육장의 개처럼 살았습니다. 아니, 밖에서 우리 오두막을 봤다면 그렇게 생각했을 테지요. 하지만 따뜻하게 지내는 게 가장 중요했어요. 깔고 누울 새 가죽이 가득했고, 직접 만든 침대는 포근하더군요. 내 것도 하나 있었고요. 다만 거기서 한없이 기다리는 삶은 끔찍했습니다. 보급선이 길을 잃었다는 생각이 들었고, 내 불쌍한 미네르바는 산산이 조각나서 해안가에 흩뿌려져 있었습니다. 하염없이 곶만 바라보기 시작했습니다. 나와 우리 선원들은 물품이 부족하니 꿋꿋이 버텨야 한다는 걸 알았습니다. 성경을 제대로 쓰고 싶었다면 '인간은 생선만 먹고 살 수는 없다'●●고 적어야 했을걸요. 빵은 사람을 미치게 만들지

● 영국의 탐험가 존 프랭클린(1786~1847) 일행이 북서항로 개척을 위해 캐나다 북극으로 떠났다가 조난되어 실종, 사망한 사건을 가리킨다.

●● 〈마태복음〉 4장 4절, "사람이 빵으로만 사는 것이 아니라"라는 구절을 염두에 둔 농담.

못하거든요! 처음에 개핏, 내가 얹혀살던 집 영감은 말이 별로 없더군요. 어떤 사람인지 도통 파악할 수 없었고, 감히 추측하자면 그 영감도 마찬가지였을 테지요. 하지만 점점 친분이 쌓이며 잘 알게 되었어요. 그이는 나보다 고난을 많이 겪은데다가 몸에 문제가 생겨서 오래 살기 힘들겠더군요. 공감하는 사람에게 이야기하면 마음이 편해진다기에 비가 오거나 바람이 심해서 밖에 나갈 수 없는 날에는 종일 앉아서 이야기를 나누었습니다. 나는 바닷가에 떠밀려 왔을 당시 머리에 심한 타박상을 입은 상태였던지라 이따금 머리가 아팠고, 체력이야 바닥난 상태였지요. 그 후로 온전해지지 못했고요."

리틀페이지 선장은 몽상에 젖었다.

"그때 과거의 독서가 빛을 발한 겁니다." 선장이 곧 이야기를 이어갔다. "새로 읽을 만한 책은 없었지요. 목사는 영어를 거의 못 해서 외국어로 된 책밖에 없었어요. 하지만 나는 기억나는 구절을 전부 암송했습니다. 옛 시절의 시인들은 자기들이 독자에게 얼마나 큰 위안을 줄 수 있는지 모를 겁니다. 나는 밀턴의 시와 아주 친숙했지만 그곳에서는 셰익스피어가 왕처럼 느껴지더군요. 그이는 바다에서 쓰는 용어도 참 정확하게 알고, 마음에 위로가 되는 아름다운 시구를 많이 썼더라고요. 반복해서 읊조리다보면 눈물이 날 것 같았습니다. 그곳에서 아름다움이란 오직 머리 위의 별과 시구였어요.

개핏은 항상 기분이 축 가라앉아서 혼잣말을 했습니다. 그곳을 벗어나지 못할까 두려워했고, 두려움이 영혼을 갉아먹었어요. 내가 돌아가서 과학자들에게 개핏의 발견을 전하면 다들 솔깃할 거라고 생각했지요. 하지만 과학자들은 자기만의 연구에 여념이 없던데요. 내가 보낸 편지에 답장조차 귀찮아한 사람도 있었습니다. 기억하시지요. 이 개핏이라는 몸 불편한 영감은 탐험선에 탔었다고 했잖아요. 그 배는 귀향길에 길을 잃었는데, 그이와 다른 선원 두 명만 그린란드 해안에서 구출됐습니다. 그런데 아무도 영국으로 돌아가지 못했다더군요. 그들이 탄 배가 밤에 좌초됐답니다. 그러니 탐험길에서 경험한 것들도 다 죽어버린 셈인데, 오직 그만이 살아남아 내게 그 경험을 전해준 겁니다. 빙하 너머 북쪽으로 가면 기이한 나라가 있고 기이한 민족이 산다더군요. 개핏은 그곳이 이다음 세상이라고 믿었어요."

"그게 무슨 말인가요, 리틀페이지 선장님?" 내가 큰 소리로 물었다. 노인은 몸을 굽힌 채 속삭이고 있었다. 마지막 문장을 말하기 전에는 어깨 너머를 살피기까지 했다.

"개핏 영감 이야기를 듣고 있자니 어찌나 끔찍하던지." 선장은 순간의 흥분을 뒤로하고는 마음을 가다듬고 이야기를 이어갔다. "처음에는 개와 썰매가 종종 보이더니 나중에는 추위와 바람과 눈뿐이었대요. 그러다가 얼음이 녹은 곳이 보이기 시작하더랍니다. 일행은 빙하에 발이 묶였다가 북쪽 저 멀리 폭스 해협으로 이어지는 해류로 흘러들었고, 배가 좌초되자 따뜻한 해류에 실려 얼음이 없는 곳으로, 탁 트인 바다로 나아가게 되었대요. 북쪽으로 바다가 계속 이어졌고요. 원래 탐험 계획대로 나아가게 된 거죠. 그러다가 지도에 없는 미개척 해안에 도착했는데, 절벽 지형이라 배를 대지 못하다가 만을 발견해서 돛을 올리고 곧장 다가갔더니 지대가 낮아 보이더랍니다. 식량도 얼마 없고 물이 떨어진 상태에서 커다란 마을처럼 보이는 곳을 포착했지요. '맙소사, 개핏!' 처음 그이가 이 이야기를 했을 때 제가 말했습니다. '마지막 탐험 항로 북쪽으로 2도 위에 있는 마을 말하는 거야?' 그가 오래된 지도 꼭대기에 항로를 표시해놓은 탓에 그렇게 물어본 거예요. 하지만 영감은 끼어들지 말라며 그 후에도 몇 번이나 반복해서 이야기했습니다. 흥미를 보일 만한 사람이라면 누구든 붙잡고 정확하게 전달해달라고 당부했어요. 눈도 얼음도 없었답니다. 몇 주 동안이나 빙하에 발이 묶여서 배를 두고 걸어갈 수밖에 없었는데, 바로 그 밑에서 흘러나온 듯한 따뜻한 해류를 타고 며칠을 나아갔더니 눈도 얼음도 없는 마을이 나왔대요."

"마을은 어땠는데요?" 내가 물었다. "마을에 들어갔대요?"

"그랬다지요." 선장이 말했다. "그리고 마을 사람도 발견했대요. 끔찍한 곳이었답니다. 개핏이 가까스로 생각해낸 묘사에 따르면, 그곳은 생도 죽음도 없는 곳 같았다네요. 바다에서 조금씩 마을에 가까워질 때는 여느 마을과 마찬가지로 풍경이 선명하게 보였고, 사람이 아주 많았대요. 그런데 갑자기 전부 사라졌답니다. 해안에 가까이 갔더니 사람들의 형체는 보이는데 도무지 다가갈 수가 없었다는 겁니다. 안개 같은 잿빛 형체로서 단독자일 때는 옆을 스쳐 지나가고 이따금 무리 지어 있을 때는 마치 이쪽을 지켜보는 것 같았대요. 처음에 영감 일행은 겁에 질렸는데 형체들이 가까이 오지는 않더랍니다. 안개에 맞바람이 부는 것 같았대요. 마침내 용기를 내서 상륙했을 때는 바닷새와 새알이 있었고요. 동물들은 순하고 물도 수질이 좋아서 사람의 발길이 닿은 적 없는 여느 북극지방 같았다지요. 개핏이 그러는데, 한 동료와 함께 안개 인간에게 접근한 적이 있다더군요. 등에 배낭 같은 것을 멘 모양새로 천천히 다른 안개들과 함께 바위 사이로 걷고 있기에 따라갔대요. 그런데, 거참! 바람에 날리는 나뭇잎처럼, 거미줄 한 조각처럼 갑자기 사라져 보이지 않더랍니다. 안개 인간들은 저들끼리 소통하는 듯이 움직였으나 목소리는 들리지 않았고, '우리가 보이지는 않지만 다가오는 것만은 느낄 수 있는 듯이 행동했다'고, 어느 날 개핏이 자세한 이야기를 하다가 말하더군요. 개핏 일행이 해안에 상륙했을 때는 마을이 보이지 않았답니다. 그러던 어느 날, 선장과 의사가 마을이 있는 듯한 고지대로 떠나 밤이 깊어서야 돌아왔는데, 완전히 녹초가 되어 얼굴은 하얗게 질려 있었대요. 다음 날 온종일 노트에 무언가를 쓰고 또 쓰며 잔뜩 흥분해서 서로 속삭였고, 다른 사람들이 질문이라도 하면 매섭게 대꾸했다는 겁니다."

"그러다가 운명의 날이 왔지요." 리틀페이지 선장이 내 쪽으로 몸을 기울이고 기묘한 눈빛을 밝히며 빠르게 속닥거렸다. "다들 더는 이곳에 머무를 수 없다고 난리였대요. 이른 아침에 망을 보던 동료가 위험을 알렸고, 다들 배에 타서 막 바다로 나갔을 때였습니다. 그 인간들, 인간인지 뭔지, 그들이 박쥐처럼 날아들었답니다. 군대로서 한꺼번에 거침없이 달려드는 모양새가 꼭 그들을 다시 바다로 몰아내려는 것 같았대요. 냉혹한 전쟁에 앞서 대열을 갖추듯 바닷가에 쭉 늘어서 있었답니다. 도망칠 생각도 물러설 생각도 없이. 때로는 땅위에서 싸우다가 큰 날개를 펴고 솟아올라 대기를 헤집은 겁니다.● 그리고 그들이 탄 배가 안전한 곳에 도달했을 때 뒤를 돌아봤더니 맨 처음 해안에서 봤던 모습 그대로 마을이 보였다고 개핏이 그러더군요. 어떻게 생각하실지 모르겠습니다만, 그들은 그곳이 이 세상을 떠나 저세상으로 가기 전에 머무는 기다림의 땅이라고 믿더군요."

선장이 흥분해서 벌떡 일어서더니 격한 몸짓을 해보였는데, 낮게 속삭이는 목소리만은 여전했다.

"앉으세요, 선장님." 내가 최대한 차분한 목소리로 말했고, 선장은 지쳐서 털썩 의자에 앉았다.

"조난 시기에 개핏은 선원들이 서둘러 고향으로 돌아가 그

● 밀턴의 《실낙원》에서 인용.

간의 일을 보고하고 새로운 탐험을 구상하겠거니 짐작했습니다. 그때 본 것을 발설하지 말라는 명령을 받았답니다." 곧 노인은 평상시의 목소리로 돌아와 설명을 덧붙였다.

"다들 굶주린 상태였잖아요. 환영 같은 걸 본 건 아닐까요?" 나는 용기 내 질문했다. 하지만 선장은 덤덤하게 나를 바라보았다.

"개핏은 완전히 사로잡혀서 다른 생각은 아무것도 못 했지요." 선장이 계속 이야기했다. "배에 타 있던 외과 의사가 어느 날 선장에게 그랬다더군요. 빛과 자기장이 오묘해서 그자들을 보게 된 거라고. 어쨌든 느낌 좋은 곳은 아니었죠. 나침반이 말을 안 들어 애를 먹은 데다가 제대로 되는 게 하나도 없었거든요. 개핏은 혼자 고민하다가 전부 평범한 유령이었다는 결론을 내렸는데, 귀신 보기 절묘한 조건이긴 했어요. 그 친구는 노상 지리학회에 가서 발표하겠다고 난리였지만, 지금 생각하면 정말 행동에 나선 적은 없고 그냥 선교단 옆에 줄곧 붙박여 살았어요. 몸이 아주 불편했거든요. 자칫하면 감옥에 갇히듯 병원에 갇혀 살지도 모른다고 생각했고요. 북쪽으로 가는 탐험대 중 적당한 사람이 보이면 다 말해주려고 기다리는 중이라더군요. 이따금 탐험 대원 한두 사람이 들러서 우편을 맡기는 등 이런저런 부탁을 했거든요. 주관이 확고한 사람이라 제대로 된 탐험대가 나타난 적도 두세 번 있었는데, 인상이 마음에 들지 않는다며 떠나게 내버려두더라고요. 하지만 내가 도착했을 때쯤에는 이미 불안감이 심해진 상태였습니다. 누가 자기를 끌고 갈까 두려워했어요. 적당한 사람이 나타나면 주려고 그곳까지 가는 길을 척 보면 알 수 있도록 정확하게 적어놨지요. 이야기를 전할 때 증거물로 보여주고 싶어서 달라고 했습니다만 싫다더군요. 이제는 죽었을 겁니다. 난 편지도 썼고, 할 수 있는 건 다 했어요. 조만간 누군가가 그 굉장한 전리품을 손에 넣겠지요."

나는 무심하게 동의했다. 실은 내 대화 상대의 생생하고 확고한 눈빛과 그의 얼굴에 떠오른 선원다운 준비된 기세를 눈여겨보고 있었다. 하지만 그때 급작스러운 변화가 일어나 노인의 처량한 학자 같은 눈빛이 되돌아왔다. 내 뒤에는 북미 지도가 걸려 있었고, 몸을 살짝 돌린 나는 최근에 새로 그려진 지구 최북단의 세심한 윤곽에 그의 혼란스러운 시선이 고정된 것을 보았다.

제7장 바다 먼 곳의 섬

　개핏과 안락한 침대와 날짐승 가죽, 난파선 미네르바의 사연, 인간의 형상을 한 안개와 거미줄의 종족, 그가 선원들을 몰살한 맹습을 묘사하기 위해 사용한 밀턴의 거창한 언어, 그 가슴 떨리는 이야기에 감도는 진실의 기운이 너무나도 강력했던지라 나는 도저히 리틀페이지 선장에게 반문할 수 없었다. 노인은 지도 때문에 마음이 다소 산란해진 듯 눈길을 돌리고는 호소하듯 나를 바라보았다.

　"무슨 이야기를 하고 있었더라……." 그가 돌연 입을 다물었다. 갑자기 대화 주제를 잊어버린 모양이었다.

　"장례식에 참 많이들 오셨더라고요." 내가 서둘러 답했다.

　"아, 그랬지요." 선장이 흡족한 얼굴로 답했다. "올 수 있는 사람들은 전부 참석했습니다. 슬픈 일이 있었다는 걸 잠시 깜빡했네요. 그래요. 베그 부인의 빈자리가 아주 클 겁니다. 남편이 바다에 나가 있는 동안에는 재산 관리도 톡톡히 했지요. 아, 정말이지 뱃일이 줄어들어 큰 손해랍니다." 그가 깊은 한숨을 내쉬었다. "전에는 나름대로 지위 있는 남자라면 어떤 식으로든 뱃일에 관계하기 마련이었지요. 마을의 신용에도 도움이 됐고요. 난 이곳 더닛이 요즘 저수위에 도달했다고 표현합니다."

선장은 위엄 있게 자리에서 일어나 떠날 채비를 했다. 언제 한번 자기 집에 들르라고, 항해를 떠났다가 얻은 기기묘묘한 물건들을 보여주겠다고 했다. 더닛 랜딩에 머무른 나날이 꽤 쌓였기에 온갖 분야를 아우르는 뱃사람들의 취향 탐닉이라는 주제는 낯설지 않았고, 리틀페이지 선장의 정신도 분명 안정을 되찾았다는 확신이 들었다.

우리는 마을로 향하는 언덕 발치에서 각자의 길을 가야 했고, 나이 지긋한 선장이 자기 집 현관으로 이어지는 매끄러운 보도에 접어들었을 때 우리는 절친한 친구로서 헤어졌다. "오후에 한번 찾아와요." 그의 목소리는 마치 내가 자신과 마찬가지로 세월이라는 그늘진 해안에 난파된 배의 선장인 것처럼 친근했다. 집 쪽으로 걸음을 옮기던 나는 곧 조급한 얼굴로 내 쪽을 향해 걸어오는 토드 부인을 만났다.

"노신사 소매를 붙잡고 언덕을 내려오던데." 토드 부인이 말했다.

"네, 선장님과 아주 흥미로운 오후를 보냈어요." 내가 대답하자 부인의 얼굴이 밝아졌다.

"아, 그럼 괜찮으신 거로군. 걱정했거든. 또 정신이 오락가락하시나, 혹시 마리 해리스가……."

"아니에요." 내가 미소 지으며 고개를 돌렸다. "옛날이야기를 해주셨어요. 베그 부인 이야기, 장례식 이야기도 하고,《실낙원》이야기도 하고요."

"분명 굉장한 모험 이야기를 해주셨겠지." 토드 부인이 날카로운 눈초리로 대꾸했다. "장례식에 다녀온 날은 꼭 그러시더라고. 선장님 이야기 중에 참고 들어줄 만큼 앞뒤 맞는 것도 있기는 있어." 부인의 눈빛이 한층 날카로웠다. "그리고 바다에 다니는 내내 책을 참 많이 읽으셨잖아. 어떤 사람들은 독서가 지나쳤다고, 그 탓에 머리가 이상해졌다고 하지. 하지만 연세가 그렇게 많은걸. 정정할 때는 얼마나 정정하시다고. 아, 젊을 적에는 참 멋진 분이었는데!"

우리가 서 있는 곳에서는 항구가 훤히 내려다보였다. 길게 펼쳐진 해안을 빽빽이 뒤덮은 뾰족한 전나무들은 짙은 녹음을 입은 모습이 마치 출전을 앞둔 대군 같았다. 저 멀리 바다 먼 곳의 군도를 바라보는 우리의 눈에 전나무들은 바다를 향해 행진하려는 듯, 일정한 걸음으로 언덕을 넘어 저 아래 물가까지 나아가려는 듯 보였다.

하늘은 초가을 저녁처럼 구름 낀 잿빛이었고, 해안에 그림자가 드리우며 어두워졌다. 문득 저 멀리 군도에 한 줄기 금빛 햇살이 내리쬐었고, 햇살을 받은 섬 하나가 선명하게 우리 앞에 모습을 드러냈다. 만 건너편을 바라보는 토드 부인의 얼굴에는 애정과 흥미가 가득했다. 가장자리에 있는 섬에 내리꽂힌 햇살 덕분에 이 세상 너머의 세상, 어떤 사람들은 아주 가까운 곳에 있다고 믿는 세상이 문득 모습을 드러낸 듯했다.

"저기에 우리 엄마가 사셔." 토드 부인이 말했다. "똑똑히 보이지? 저기 그린 아일랜드라는 섬이 내가 자란 곳이야. 저 섬에 있는 돌맹이 한 알, 덤불 한 줄기까지 속속들이 다 안다니까."

"어머니라고요!" 나는 몹시 궁금해져서 외쳤다.

"그래, 동생, 거짓말 아니야. 내가 나이는 많아도 아직 우리 엄마 딸이라오. 도통 엉덩이 무겁게 앉아 있는 법이 없는 기운 좋고 자그마한 할머니들 있지, 우리 엄마가 그런 노인네야. 항상 그랬어. 마음도 가뿐하고 명랑하고." 토드 부인이 흡족한 목소리로 말했다. "여느 사람이 겪을 만한 골칫거리는 죄다 겪었지만 쓰러지지 않았지. 누구에게든 용기 내라고 격려하실 줄도 알고. 삶에 조금도 상하지 않았어. 엄마는 여든여섯 살, 나는 예순일곱 살인데 내가 더 늙은이 같을 때도 있다니까. 지난번에 보러 갔는데 이러더라. '맙소사! 넌 팔팔한 나이에 겨우 배에 올라타면서 그렇게 휘청거릴 게 뭐냐!' 어찌나 웃음이 나는지 바닷물에 빠질 뻔했어. 배를 타고 바다로 나오는데 엄마는 계속 바닷가에 서서 깔깔거리던걸."

우리가 그린 아일랜드를 바라보는 사이 땅거미가 졌다. 회색 바위에 올라선 토드 부인의 위엄 있는 모습은 카리아티드● 같았다. 곧 그가 바위에서 내려왔고, 우리는 다시 집을 향해 나아갔다.

"동생이랑 나랑 하루 날 잡아 배 타고 엄마 보러 다녀오자." 토드 부인이 내게 약속했다. "엄마가 아주 좋아할 거야. 게다가 그 섬에서 제일 잘 자라는 희귀한 식물도 한두 가지 있단 말이지. 여기 육지에는 그만큼 잘 자라는 걸 도통 못 봤어."

"자, 이제 내려가서 같이 마실 맥주 한 잔씩 따라 올게." 집에 들어서는데 부인이 말했다. "캐모마일도 조금 넣어야겠어. 장례식이네 뭐네, 아주 힘든 오후를 보낸 것 같거든."

토드 부인이 서늘하고 조붓한 지하실로 내려가는 소리가 들렸는데, 의아할 정도로 시간이 오래 걸렸다. 캐모마일을 빼 달라고 했건만 돌아와서 건네준 머그잔에서 맛이 느껴졌다. 다만 내게 익숙하지 않은 다른 식물로 교묘하게 위장한 듯했다. 부인은 내가 잔을 비운 뒤 마음에 든다고 말할 때까지 옆을 지켰다.

"아무한테나 주는 거 아니야." 토드 부인이 다정하게 말했다. 잠시 나는 그 음료가 마법과 주문의 일부라는 생각을 했

● 고전 건축에서 여신의 모습을 조각한 기둥.

고, 이제 나를 매혹한 마법사가 북극 마을의 거미줄 인간으로 변할 것만 같았다. 그러나 아무 일도 일어나지 않았다. 그저 그린 아일랜드에 다녀올 즐거운 계획을 세우는 사이 저녁이 조용히 흘렀고, 곧 내일이 밝아 햇살이 맑고 하늘이 푸른 또 다른 하루가 펼쳐졌다.

제8장 그린 아일랜드

어느 날 아침 아주 이른 시간, 창밖 정원 쪽에서 토드 부인의 목소리가 들렸다. 지나가는 사람에게 말을 거는 목소리가 평소보다 큰 데다 약초를 가꾸며 부르는 친숙한 노래의 음정과 잠에 취한 내 의식의 귀를 정확히 겨냥하는 듯한 방향성 때문에, 내가 잠에서 깨 밖으로 나와 말을 걸어주기를 바라는구나 눈치챌 수 있었다.

몇 분 후 토드 부인은 블라인드 너머로 들리는 아침의 목소리에 답했다. "분명 학교에 가서 이 화창한 날을 다 흘려보낼 생각이겠지. 아무렴, 바쁜 일이 얼마나 많겠어." 토드 부인이 안타까운 목소리로 말했다.

"아닐지도 모르죠." 내가 말했다. "왜 그러세요. 무슨 일 있으신가요, 토드 부인?" 날이 화창하니 자신이 가장 좋아하는 탐험, 바닷가의 초원을 따라 거닐며 약초와 향초를 수집하는 탐험을 떠나고 싶은 마음에 내가 집을 지켜주기를 바라는 것이리라 어림했다.

"아니, 난 육지를 다니고 싶은 게 아니야." 토드 부인이 유쾌한 목소리로 말했다. "아니, 육지는 됐어. 과연 올여름에 그린 아일랜드로 엄마를 보러 가기에 오늘보다 좋은 날이 있을까 싶어서. 오늘 아침 일찍 일어났는데 엄마 생각이 나더라고. 가벼운 북동풍이 부니까 바람 타면 금방 갈걸. 그리고 이맘때쯤이면 느지막한 오후에는 남서쪽으로 바람이 바뀌어서 집까지 돌아오기도 쉬워. 그래, 오늘이 좋겠어."

"선착장 쪽으로 가는 사람이 보이면 선장님과 보든에게 이야기 전해달라고 하세요." 내가 말했다. "큰 배를 타고 갑시다."

"아, 다행이야! 이제는 내가 하자는 대로 할 생각인가보네." 토드 부인이 나를 놀렸다. "그렇지만 안 돼, 동생. 큰 배를 타면 안 되지. 조종하기 쉽게 도리*를 타고 가자고. 조니 보든이랑 나랑 둘이 직접 배를 몰 거야. 도리보다 힘 좋은 배는 필요 없어. 산들바람이 조금 부는데 파도가 거세질 일은 없으니까. 조니는 우리 조카라서 같이 가면 엄마가 좋아할 거야. 그리고 걔는 거기 있는 내내 어장에 있을 테니까, 뭐. 줄곧 챙겨줘야 해서 우리 시간 다 잡아먹을 남자들을 데려가고 싶지는 않거든. 동생은 쉬고 있어. 내가 알아서 할 테니까. 슬쩍 빠져

---

* 낚시에 사용되는 작은 보트.

나가서 우리끼리 엄마 보고 오자. 이제 아침 준비해야겠네. 뭘 먹고 싶으시려나."

토드 부인의 집주인이자 약초 채집가, 시골 철학자적 면모는 꽤 익숙한 참이었다. 살 것이 있어서 배를 타고 더닛 랜딩보다 큰 마을에 다녀올 때 부인과 신중한 동행자가 되었던 적도 한두 번 있었다. 하지만 부인이 어떤 뱃사람인지는 아직 아는 바 없었다. 한 시간쯤 지났을 때 우리는 부인의 바람대로 자그마한 도리를 타고 부두를 떠났다. 조수가 바뀌어 막 바닷물이 빠지기 시작했고, 친구와 아는 사람 몇몇이 허름한 부둣가에 쭉 서서 몇 마디 말을 던지며 확연한 관심으로 우리를 응원했다. 조니 보든과 나는 어서 바람을 탈 수 있는 곳까지 나아가 뱃전에 대충 감아놓은 작은 돛을 올리려고 서둘러 노를 저었다. 토드 부인은 엄격하고 단호한 지휘자로서 배 뒤편에 앉아 있었다.

"빨리 바람을 타야 해. 그러면 금방 도착할 거야. 썰물 덕분에 이 낡은 곳에서 금세 멀어지겠지. 바닷바람이 강한걸."

"배 균형이 안 맞잖아요, 토드 부인!" 뭍에서 누군가가 외쳤다. "배가 무거워서 나아가질 못해요. 순풍을 못 탄다니까요, 아주머니. 배 중간에 앉으세요. 그리고 조니가 돛을 올린 다음 아딧줄을 잡고 조종하라고 하세요. 그렇게는 그린 아일랜드까지 절대 못 가요. 균형이 무너졌잖아요, 배가. 지금은 뒤쪽이 너무 무거워요!"

토드 부인은 조금 거북한 얼굴로 고개를 돌리고는 안달 난 조언자를 바라보았다. 내 오른쪽 노가 자꾸 물 밖으로 빠져나가고 배는 뒤집힐 것만 같았다. "이게 누구야, 아사인가? 좋은 아침이야." 토드 부인이 정중하게 말했다. "난 줄곧 배 뒤쪽에 앉는 걸 좋아했어. 그나저나 언제 산골 마을에서 돌아온 거야?"

아사의 출신을 언급한 것이 무슨 뜻인지 다들 모르지 않았다. 우리는 바닷가에서 꽤 멀리 떨어져 있었으나 사람들의 웃음소리가 들렸고, 무슨 사안에든 말을 얹고 비판을 아끼지 않는 아사는 화가 나서 뒤돌아 가버렸다.

순풍을 탄 후에는 곧 바다로 나아갈 수 있었고, 어망에 걸린 물고기를 거두려고 중간에 잠깐 멈춰 섰다. 토드 부인은 어머니가 갑작스러운 손님 세 명 몫의 식사를 마련하기 어려울 거라고 설명하며 어망에 걸린 물고기를 열심히 살펴보았다. 남동생의 어망이었고, 딱 맞는 해덕●을 찾아내는 것이 관건이었다. 부인은 길게 이어지는 낚싯줄을 능숙하게 잡아올려 바닷고기를 살피며 미끼만 축내는 쓸모없는 놈들이라고 비웃고는 어망에 남겨두거나 파도로 던져버렸고, 나는 잔뜩 흥미가 동해 신이 난 채 배 옆쪽으로 몸을 기울였다. 마침내 우리는 토드 부인이 이 정도면 괜찮다고 선언한 해덕 한

● 대구과에 속하는 바닷물고기. 주로 튀기거나 훈제해 먹는다.

마리를 발견해 배에 태우고는 단호하게 목숨을 끊은 뒤 다시 길을 떠났다.

　나아갈수록 내 귀에 들려오는 섬에 관한 이야기가 더욱 감미로워졌는데, 섬의 일부는 척박한 바위 지형이거나 기껏해야 초여름에 양이 뜯어먹을 풀이 듬성듬성 자라는 수준이라 했다. 그런데 작은 무리에 섞여 있던 한 마리 양이 우리가 반가웠는지 물가로 달려와 다정하게 울기에 나는 배를 멈출 뻔했다. 하지만 토드 부인이 암석해안 반대 방향으로 배를 돌리고는 양 떼의 주인과 아는 사이인데 못된 사람이라고, 양은 워낙 순해서 필요한 것이 많지 않은 동물인데 그나마도 먹이를 아끼고 잘 돌보지 않는다고 나무랐다. 이런 작은 섬은 풀이 짧고 통통하게 자라며 샘물이 시원한 6월 초에는 낙원 같지만 무더운 한여름에는 감옥으로 변한다. 바다 저 멀리 이보다 큰 섬이 하나 있었는데, 재미있는 여행 동반자 토드 부인이 신이 난 채로 섬에 사는 두 농부의 작은 농가들을 가리키며 이야기해주기를, 그 섬에 함께 사는 두 집안은 누가 아프든 죽든 태어나든 서로 말 한마디 없이 지낸 지가 삼대째라는 것이다. "전쟁이 끝났을 때도 한 집안에서 먼저 종전 소식을 들었는데 일주일 동안 저들끼리만 알았다지. 벽 하나만 넘으면 말해줄 수 있는 걸 안 한 거야." 토드 부인이 말했다. "즐기는 거지. 이런 곳에서는 몰두할 게 있어야 하거든. 혼자인 것보다는 싫어하는 사람이라도 누군가와 엮여 있는 편이 좋으니까. 서로 상대가 잘못했다고 주장해. 다들 같은 이야기를 끝도 없이 하고 듣지. 물어뜯을 건수는 찾는 만큼 나오는 법이야. 그렇게 싸움이 계속돼. 어쨌든 난 이런저런 사건이 있는 게 좋더라고. 어떤 사람들은 월요일에 빨래하고 화요일에 다림질하는 식으로 한 해를 살지만. 유랑 서커스단이 들러도 관심도 없고!"

그린 아일랜드에 도착하기 한참 전부터 등대처럼 우뚝 선 하얀색 아담한 집이 보였다. 바다 높이 푸른 언덕과 그보다 높이 솟은 어두컴컴한 가문비나무 숲을 배경으로, 토드 부인이 태어난 집이자 부인의 어머니가 살고 있는 보금자리가 자리하고 있었다. 밭에 농작물이 있었고, 우리는 금세 어떤 것들을 심어놓았는지 구분해냈다. 토드 부인은 배가 아직 바다 멀리 있었는데도 단번에 작물의 상태를 가려냈다. "엄마네 감자 상태가 안 좋은걸. 비가 많이 안 내려서." 부인의 의견이었다. "쿠퍼 센터에서 최하품이라고 할 만한 것보다도 비실비실해. 윌리엄은 만날 고기잡이들에게 미끼 나눠주고 어장 돌보느라 바빠서 밭 생각은 하루 한 번도 안 할 거야."

"저기 저 깃발은 뭔가요? 집 뒤편 가문비나무 위로 보이는 깃발이요." 내가 들뜬 목소리로 물었다.

"고기잡이들 보라고 걸어놓은 거지." 토드 부인이 친절하게 설명해주는데 조니 보든의 놀라고 깔보는 눈길이 나를 향했다. "다른 고기잡이들에게도 충분할 정도로 물고기가 많으면 저 깃발을 올려. 어망에 걸린 게 적을 때는 바닷가 쪽에서 짧게 신호를 보내면 작은 배들이 와서 자기들 어망이 찰 정도로 채워 가지. 저기, 저기 봐! 엄마야. 우리가 보이나봐. 현관 앞에서 뭘 흔들고 있네. 우리 배가 닿을 때쯤이면 엄마도 금세 부두에 도착하시겠어."

저쪽을 보았더니 문간에 작게 무언가가 퍼덕이고 있었는데, 그보다 빠른 것은 뭍의 마음이 바다의 마음으로 보내는 신호였다.

"엄마는 어떻게 나를 알아보는 걸까?" 토드 부인은 넓적한 얼굴에 애틋한 미소를 띤 채 말했다. "그래, 만나러 갈 엄마만 있다면 영원히 어린아이로 살 수 있는 거야. 저기 굴뚝 좀 보렴. 바로 달려가서 불을 때신 거지. 그래, 엄마가 정정하시니 다행이네. 동생도 엄마랑 있는 걸 아주 좋아하게 될 거야."

토드 부인이 자기 자리에 등을 기대고 앉자 배가 다시 균형을 되찾았다. 아딧줄을 붙잡은 부인의 손에 힘이 들어갔고, 작은 돛의 기둥과 꼭대기를 살피는 눈길이 바빴으며, 바람을 말처럼 부리려는지 아딧줄을 꼭 비틀고 있었다. 바로 그때 신선한 바람이 세차게 불어와 배의 속도가 두 배는 빨라진 듯했다. 곧 바닷가에 가까워지자 머리에 손수건을 쓴 아담한 여자가 들판을 가로질러 오더니 굽이진 몽돌 해변 너머 조붓한 만에 서서 우리를 기다리는 모습이 보였다.

곧 배의 밑면이 해변의 조약돌에 긁히자 배를 타고 오는 내내 할 일 없이 앉아 있던 조니 보든이 풀쩍 뛰어내려 남자다운 완력을 이용해 다음 파도에 맞춰 배를 세웠고, 덕분에 토드 부인은 옷을 적시지 않고 내릴 수 있었다.

"아주 잘했어." 토드 부인이 땅을 디디며 말했다. 조금 뻣뻣하지만 대단히 위엄 있는 자세로 우리가 부축하고자 뻗은 손을 뿌리치고 배에서 내린 뒤 몸을 돌려 발치에 있던 가방을 들었다.

"그래, 엄마, 나 왔어!" 부인은 무심하게 외쳤으나 두 사람 모두 가만히 서서 서로를 바라보며 환하게 웃고 있었다.

"노인네치고 이 정도면 꽤 정정하지요?" 토드 부인의 어머니가 딸 쪽을 향하던 시선을 돌려 나를 보고 말했다. 실로 기분이 좋아지는 작달막한 할머니였고, 초롱초롱한 눈과 들뜬 듯 다정한 기색은 방학을 맞은 아이를 연상시켰다. 블래킷 부인은 처음 맞잡은 따뜻한 손을 놓기도 전에 오랜 다정한 친구를 만난 듯 편안해지는 사람이었다. 우리는 다 함께 언덕을 오르기 시작했다.

"너무 서두르지 마, 엄마." 토드 부인이 걱정했다. "집까지 가려면 이 오르막길로 꽤 멀리 가야 한다고. 게다가 도착해도 잠시 숨을 고르기는커녕 곧바로 이리저리 쏘다닐 거잖아. 우리가 가방이랑 바구니를 들고 있다고 해서 한 발짝이라도 앞지를 생각일랑 마셔. 저기 조니가 해덕을 가져올 거야. 오는 길에 윌리엄 어망을 살펴보고, 이 정도면 우리 엄마가 맛있는 차우더● 끓일 맛이 나겠다 싶은 걸로 한 마리 건졌지. 집 창가에 굴러다니던 양파도 하나 챙겨 왔어."

"딱 필요하던 거다." 집주인이 말했다. "네가 차우더 이야기를 했을 때 양파가 다 떨어졌다는 생각이 나서 한숨이 나왔거든. 윌리엄이 지난번에 랜딩에 갔을 때 양파 사 오는 걸 깜빡했어. 그리고 너나 오르막길에서 서두르지 마, 앨미리. 벌써 씩씩거리는 숨소리가 들리잖냐."

이 작은 복수가 하는 사람과 당한 사람 모두에게 큰 기쁨을 준 것 같았다. 두 사람은 조금 웃더니 애정 어린 눈길로 서로를 바라보다가 나를 보았다. 토드 부인의 사려 깊은 눈동자가 잠시 내게 머무른 뒤 너른 바다로 향했다. 두 사람보다 숨이 찼던 나는 걸음을 멈출 수 있어 다행이었고, 주변 섬의 이름을 물어보며 쉼을 연장했다. 가냘픈 산들바람이 불었다. 지금 고지대에 오르니 바람에 실려 배를 타고 올 때보다 산들바람이 더욱 생생하게 느껴졌다.

"이런, 이 녀석은 지난번에 왔을 때 본 그 고양이인 것 같은데? 튼튼하지 못하다고 말했던 그 녀석 아니야?" 다 함께 길을 걷는데 토드 부인이 외쳤다.

"바로 그 애다, 앨미리." 토드 부인의 어머니가 말했다. "내 눈에 요 암고양이는 항상 튼튼해 보였어. 자기 할 일을 바로

● 해산물을 주재료로 감자, 우유나 크림 등을 넣고 끓인 수프.

해치우는 녀석이지. 이 나이에 이렇게나 쥐를 잘 잡는 고양이는 본 적이 없다니까. 윌리엄만 아니었다면 그 골골대기만 하는 늙은 녀석을 그렇게 오래 붙잡아두지 않았을 거다. 그런데 윌리엄은 자른 꼬리가 뭉툭해서 귀엽다고 그 녀석을 어찌나 아끼던지. 난 꼬리가 귀엽다는 이유로 고양이를 맡아 기르는 게 훌륭한 일인지 모르겠어. 여느 특이한 것들과 마찬가지야. 두 번 봐줄 사람이 있으면 다행인 녀석들이지. 이 고양이는 두 마리 몫의 쥐를 잡는 덕에 누가 와도 내 체면이 살아. 한 해 동안 집이 엉망이었는데. 정말 속 깊은 도우미라니까, 이 고양이 말이야. 번트 아일랜드에 사는 오거스타 퍼넬 양이 기르던 새끼 고양이 다섯 마리 중에 고른 거야." 블래킷 부인이 치맛단을 스치는 고양이와 힘겹게 걸으며 말했다. "오거스타가 그러더라니까. '이런, 블래킷 부인, 제일 못생긴 고양이를 고르셨어요.' 그래서 내가 대꾸했지. '제일 똑소리 나는 녀석이야. 만족스러워.'"

"엄마, 나라면 고양이 고르는 일은 분명 엄마한테 맡길 거야." 딸이 후한 칭찬으로 대꾸했고, 우리는 평화롭고 조화롭게 걸음을 옮겼다.

이제 부인의 집이 눈앞에 보였는데, 웬 거대한 손이 우리가 지금껏 올라온 긴 초록 벌판을 푹 떠다놓은 듯 불쑥 솟은 풀밭 위에 있었다. 그 너머로 조금 올라가면 어두컴컴한 가문비나무 숲이 언덕 꼭대기를 넘어 바다를 향하는 경사면까지 뒤

덮고 있었다. 작은 농가와 숲으로 꽉 찬 섬이었다. 우리는 아래쪽 어장과 허름한 건물, 먼바다까지 길게 이어지는 어망을 내려다보았다. 위쪽을 보았더니 푸른 하늘을 배경으로 전나무 끄트머리가 뾰족했다. 동쪽으로 이어지는 섬 등성이의 굽잇길을 따라 거친 목초지가 넓게 펼쳐졌고, 여기저기 널린 잿빛 바위가 굳건히 자기 자리를 지키고 있었으며, 수많은 양이 잿빛 등을 보인 채로 끝도 없이 오가며 절벽을 따라 자란 가느다랗고 달콤한 풀을 뜯어 먹어 부드러운 흙을 드러내고 벨벳 같은 잔디가 자라나는 작은 밭을 일구었다. 여기저기 바위 없는 곳에는 진녹색 월계수 덤불이 보였다. 공기가 아주 감미로웠다. 어부들이 보금자리를 꾸린 이렇게나 작고 완전한 대륙이라니, 살고 싶다는 생각이 들 수밖에 없었다.

집은 널찍하고 깔끔했는데, 야트막한 벽에 비해 지붕이 무거워 보였다. 빙하처럼 전체의 3분의 2 정도가 표면 밑에 있는 듯, 지하 깊이 굳건하게 뿌리 내린 듯한 주택이었다. 현관문은 손님을 기다리는 듯 환대를 위해 활짝 열려 있고 양옆으로 가지런한 포도 덩굴이 자랐다. 우리가 가는 길 끝에는 집 뒤편으로 부엌문이 있었으며 주변으로 명랑한 꽃과 풀이 가득했는데, 꼭 부지런한 정원 청소부가 한쪽에 꽃과 풀을 잔뜩 쓸어놓은 것 같았다. 채송화가 계단 아래를 따라 풀밭 한가운데까지 제멋대로 피었고, 그 옆으로 아욱꽃이 싸우자는 듯이 대담하게 바투 붙어 자라나고 있었다. 반쯤 자란 닭 두 마리의 말똥말똥한 눈과 작고 바보스러운 머리가 보였는데, 여러 번 문간에서 쫓겨난 참이라 또 쫓겨날지도 몰라 긴장한 듯이 아욱꽃 사이에 웅크리고 앉아 있는 모양새였다.

"이쪽으로 오니까 격식을 차리는 느낌인걸." 꽃밭을 지나 현관으로 가는 길에 토드 부인이 불쑥 내뱉었다. 하지만 부인은 범절을 지킬 줄 알았기에 우리 앞으로 나아가 왼편 응접실로 들어갔다.

"세상에, 엄마, 설마 카펫 손보신 거야!" 토드 부인이 외쳤다. 경이와 감탄이 느껴지는 목소리였다. "언제 이 큰일을 해내셨어? 화이트 아일랜드 랜딩에 사는 애딕스 부인이 와서 도와주셨나?"

"아냐, 그이 안 불렀어." 노부인은 당당하고 꼿꼿하게 서서 흡족한 순간을 한껏 즐겼다. "내가 직접 했어. 아들 도움 좀 받아서. 윌리엄이 쉬는 날이라 반대편을 붙잡아줬거든. 같이 밖에 가지고 나가서 먼지를 털고 뒤집어 깔아놓은 다음 하룻밤 묵혔지. 길게 두 군데나 찢고 다시 꿰맸어. 다 끝내고 누웠는데 그렇게 편한 잠자리는 족히 두 해 만이다 싶더라고."

"들었지, 여든여섯 살 먹은 우리 엄마가 이렇게 정정하시다니까?" 우리 앞에 우뚝 선 토드 부인은 거대한 승리의 여신상 같았다.

어머니 쪽에서 갑자기 젊음의 기운이 감돌았다. 굉장한 미래가 약속된 듯, 그의 눈부신 여름날과 행복한 노동은 끝난 것이 아니라 이제 막 시작인 듯했다.

"이런, 이런!" 토드 부인이 외쳤다. "나라면 못 했을 일이야. 인정할 수밖에 없네."

"해치우고 나니 가뿐하고 좋더라." 블래킷 부인이 소탈해져서 대꾸했다. "일을 끝낸 다음 주 초에는 몸이 안 좋았으니까 더욱 잘한 일이었지. 날씨가 바뀌어서 아팠나 싶어."

토드 부인은 참지 못하고 나를 향해 의미심장한 눈길을 던졌다. 하지만 근사한 동정심을 발휘해 가르치려 든다거나 병의 명백한 이유를 짚어내지 않았다. 훌륭한 가구 몇 점과 국가적 이해관계가 엿보이는 그림 몇 점으로 장식된 조붓한 옛날식 응접실에서 부인은 그 어느 때보다 웅장해 보였다. 초록색 종이 커튼에는 흔히 그리는 이국령의 풍경, 가령 암석 위에 우뚝 선 난공불락의 성이나 가파른 가장자리를 따라 나무가 우거진 아름다운 호수가 그려져 있었다. 발밑으로 겹겹이 쌓아놓은 수공 러그와 그 아래 예의 소중한 카펫이 보였다. 좁은 벽난로 선반 위에는 안이 비어 있는 유리 조명과 크리스털 들꽃 꽃다발,• 고운 조가비가 있었다.

"난 결혼식을 여기서 했어." 토드 부인이 뜻밖의 이야기를 했다. 그러고는 한숨을 쉬는 소리가 들렸는데, 행복한 생각을 할 때마다 영원히 마음 한쪽은 후회에 젖을 수밖에 없다는

• 꽃에 달걀흰자와 설탕 등을 혼합한 투명한 용액을 입혀 반짝이게 한 것.

듯한 한숨이었다.

"저기 창문 사이에 서 있었지." 부인이 덧붙였다. "그리고 목사님이 여기 서 있었고. 윌리엄은 들어오지도 못했어. 걔는 항상 사람들 만나는 걸 힘들어했다니까. 지금이랑 똑같아. 난 어렸을 때부터 누가 오면 달음질로 맞이했는데 윌리엄은 달음질로 도망가기 바빴지."

"그 덕에 내가 편하잖냐." 나이 든 어머니가 유쾌하게 말했다. "네가 결혼해서 섬을 떠난 뒤로 윌리엄이 아들딸 노릇을 다 한다. 나이 든 어머니 집에서 충분히 만족하며 산다지만, 난 항상 이득 보는 사람이 나라고 해."

우리는 공통의 본능에 따라 움직이듯 전부 부엌 쪽으로 갔다. 응접실은 중대사를 예고하는 듯했고, 덧창도 전부 내려져 있어서 여름의 빛과 공기가 들지 못했다. 이웃이 드문 외딴섬에 자신의 필요로 응접실 공간을 마련하다니 진정 사회를 향한 헌정이었다. 이렇게 삭막한 환경에서는 분명 오후의 방문과 저녁의 잔치가 드문 계절이 있을 터였으나 블래킷 부인은 자기 혼자 사는 사람이 아니었다. 오래전부터 단순한 자기 이해를 넘어서서 한 사람이 사회에서 주고받을 수 있는 자기만의 몫을 감사히 여겨온 사람이었다. 몇 안 되는 이웃 중에는 굳이 응접실을 마련하지 않은 집도 있었으나 블래킷 부인은 손님맞이 공간이 유용하다는 사실을 알았다.

"그래, 이제 얼른 편안하게 부엌으로 와. 딸이 낯선 손님처럼 있으면 쓰나." 부인은 격식의 공간에서 제대로 우리를 맞이한 뒤 달갑게 부엌으로 안내했다. "여기 앨미리는 좋은 핑계만 찾으면 바로 초원의 들풀 속으로 달아날 테지. 지금은 더워. 일단 편안히 푹 쉬며 놀다가 저녁 먹고 한참 있으면 바닷바람이 불기 시작할 거야. 그때 산책 나가서 절벽에 서서 쭉 둘러보라고. 앨미리가 이 섬에 있는 걸 전부 보여줄 거야. 그다음에 차 한잔 쭉 마시고 집에 가면 돼. 요즘에는 해가 기니까."

어찌 된 일인지 모르겠으나 우리가 응접실에서 이야기하는 사이 토드 부인이 골랐던 생선이 바닷가에서 배달되어 손질이 끝난 말끔한 상태로 탁자 위 도기 그릇에 놓여 있었다.

"윌리엄이 들러서 한마디 하고 갔나보군." 토드 부인은 생선을 보더니 신경질이 나서 삐죽거리며 말했다. "육지에 오면 꽤 친근하게 구는데 말이야. 지난번에도 윌리엄치고는 굉장한 사교성을 발휘했지."

"숙녀가 있으면 사교성을 발휘 못 하는 성격이잖아." 윌리엄의 어머니가 내 쪽으로 즐거운 시선을 던지며 말했다. 나의 우정과 관용에 기대고 싶다는 눈빛이었다. "아주 별난 녀석인데다가 오늘은 낡은 낚시복 차림이라. 동생이 가고 나면 뭘 했는지 무슨 말을 했는지 다 알려달라고 난리일 거야. 윌리엄이 속은 아주 따뜻해. 너도 보고 싶어 할 거다, 앨미리. 그래, 조금 있으면 들를 거야."

"조금 있다가 안 나타나면 내가 찾아갈 테야." 토드 부인이 굳은 결심이 느껴지는 목소리로 선언했다. "윌리엄이 숨어드는 바닷가 굴 길은 죄다 알고 있지. 눈치채기도 전에 붙잡을 거야. 실은 볼일이 있기도 해. 지난번에 잡아준 바닷가잿값 42센트를 가져왔거든."

"나한테 맡겨두고 가." 노부인이 말했다. 자그마한 몸으로 벌써 찬장에 있던 냄비며 프라이팬을 꺼내 바삐 움직이며 차우더를 끓일 준비를 하고 있었다.

문득 나는 윌리엄을 향한 예상 밖의 호기심이 생겼고, 이 흥미로운 인물과 만나지 못한다면 이 방문에 잠재된 즐거움의 반은 날리는 셈이라고 생각하게 되었다.

제9장 윌리엄

토드 부인은 바구니에서 양파를 꺼내 부엌 탁자에 내려놓았다. "있잖아, 우리 조니 보든이랑 같이 왔어." 부인이 어머니에게 환기했다. "배고파서 자기 몸집만큼 먹어치우려 할 거야."

"새로 튀긴 도넛이 있다, 얘야." 자그마한 노부인이 말했다. "윌리엄과 내가 먹을거리 부족하게 사는 걸 자주 보니. 더 큰 생선을 잡아 왔으면 좋았겠다만 주어진 걸로 노력해보마. 감자 몇 알 더 있었으면 좋겠는데, 저기 감자가 잔뜩인 밭이 있는 데다가 우물 옆 콩나무 사이에 세워진 게 괭이지 뭐야." 부인이 미소를 머금고 딸을 보며 어서 일을 하라는 듯 고개를 끄덕였다.

"세상에, 맙소사! 피리를 불어서 윌리엄을 부릅시다." 토드 부인이 다소 신이 나서는 고집을 부렸다. "집에 들어오라고 안 하면 되잖아. 그럼 의기소침할 필요도 없고. 할 일이 있어서 불렀다는 걸 알 테니 길 따라 올라오는 게 보이면 큰 소리로 알려주면 그만이야. 거북하게 안 해."

블래킷 부인의 쪼글쪼글한 얼굴이 처음으로 곤란한 표정을 지었고, 나는 앨미라의 짓궂은 장난을 수습해야 한다고 느꼈다. 함께하는 사람들이 너무나도 달가웠으나, 집 안에만 있기에는 날이 너무 좋았다. 게다가 윌리엄을 만나게 될지도 몰랐다. 곧 밖으로 나와 우물가의 괭이와 장작 헛간 문간에 있던 나무를 꼬아 만든 낡은 바구니를 찾아냈고, 밭으로 내려오다가 감자 잎이 무성하고 돼지풀이 높게 자란 널찍한 바른네모꼴 밭뙈기를 발견했다. 한쪽 귀퉁이의 감자는 이미 캐낸 상태였고, 나는 잎이 시들어 있고 흙 밑에 실한 감자가 있을 것 같아 보이는 두둑을 골랐다. 잘 고른 두둑에서 통통한 감자를 잔뜩 발견하고 기대가 충족되는 경험은 황금을 캐내는 것처럼 기쁜 법이다. 나는 수확을 멈추고 싶지 않았지만, 바구니가 꽉 찼는데도 더 파내는 것은 과하다는 생각이 들어 괭이질을 멈추고 바구니를 집어 든 뒤 다시 언덕 위로 올라갔다. 분명 블래킷 부인이 한 장, 한 장 얇게 썬 감자를 생선과 함께 차우더에 넣고 싶어서 안달복달 기다리고 있을 터였다.

"그 바구니 제가 들게 이리 주시죠, 선생님." 뒤에서 긴장감 섞인 호감 가는 목소리가 들렸다.

너른 벌판의 고요 속에 있던 나는 깜짝 놀라 돌아봤는데, 어부들이 종종 그렇듯 어깨가 굽어 있고 머리카락이 희끗희끗하며 깔끔하게 면도한, 소심해 보이는 나이 지긋한 남자가 있었다. 윌리엄이었다. 어머니와 똑 닮은 생김새였다. 나는 그가 누나인 앨미라 토드처럼 몸집이 크고 땅땅하리라 상상하던 참이었다. 그리고 참 희한한 일인데, 내 상상이 그려낸 그는 30대에서 그리 멀지 않은 나이에 약간 막돼먹은 성격이었다. 하지만 윌리엄은 나이에 걸맞은 공경이 필요한 사람이었다.

나는 즉각 눈앞의 현실에 적응했고, 우리는 오랜 친구처럼 날이 좋다며 인사를 나누었다. 바구니가 정말 무거웠던지라 나는 손잡이에 괭이를 끼워서 각각 양 끝을 들자고 했다. 그렇게 했더니 수월하게 집까지 이동할 수 있었고, 우리는 화창한 날씨와 만 전역으로 밀려들었다는 고등어 떼에 관해 이야기했다. 윌리엄은 3시부터 바다에 있었는데, 평소보다 고기가 많이 잡혔다고 했다. 집에 가까워지자 우리를 바라보는 토드 부인의 시선이 느껴졌고, 길이 좁은 탓에 걸어가는 내내 윌리엄이 혼자 바구니를 든 채로 넉넉한 간격을 유지하며 앞서고 나는 한참 뒤처졌는데도 토드 부인이 인사를 건네는 목소리가 똑똑히 들렸다.

"마음 고쳐먹었나봐. 집에 오는 걸 보면?" 토드 부인이 즐거운 목소리로 물었다. "그래, 뭐, 잘 생각했어. 오늘 얼굴 보게 될 줄은 몰랐는데, 윌리엄. 갚아야 할 빚이 있잖아."

나는 왠지 모든 게 내 탓인 듯해 마음이 불편했는데, 다가 가서 봤더니 두 사람은 아주 담백한 친근함으로 어울리고 있었다. 윌리엄은 처음 다가가기가 힘들 뿐 일단 사람들과 어울리기 시작하면 그럭저럭 즐겁게 어울림을 이어갈 수 있는 사람이라는 사실이 명백해졌다. 나이는 예순 살쯤이었고 동안은 아니었으나 청춘의 기운이 여실했고 자꾸만 수줍음이 살아나서, 나는 새로 사회생활을 배워가는 젊은이를 위해 편안한 상황을 조성해주어야 할 것만 같은 의무감에 사로잡혔다. 그는 성대한 식사가 준비되는 동안 거대한 절벽에 올라가볼 생각이 있는지 정중하게 물었다. 그래서 깊은 만족감을 품은 채로, 그의 제안에 놀라고 즐거워하는 두 안주인의 시선을 받으며, 윌리엄과 나는 생김새와 달리 청년이 된 기분으로 집을 나섰다. 그렇게나 순진무구하고 담백한 순간이었던지라 부엌에 있던 토드 부인이 우리 등에 대고 웃음을 터뜨렸을 때 나역시 웃고 말았는데, 윌리엄은 얼굴을 붉히지도 않았다. 귀가잘 안 들리는 것 같았다. 내 앞으로 발걸음을 내딛는 그는 아주 진지했고 임무에 여념이 없었다.

우리는 집 너머 들판 위쪽 가장자리에서 시작되어 어두컴컴한 가문비나무 숲 사이로 이어지는 매끈한 갈색 오솔길에 접어들었다. 뜨거운 햇살 아래 나무 향기가 끈끈하게 피어올랐고, 언덕을 오르는 길이라 나무 그늘이 달가웠다. 윌리엄은 한두 번 걸음을 멈추고 주변에 있는 커다란 말벌의 벌집이나 그 아래 늪지대 속의 물수리 둥지를 보여주었다. 섬 정상의 탁 트인 초원에 올라섰을 때는 늦게 꽃망울을 틔운 린네풀 가지 몇 개를 꺾더니 아무 말 없이 내게 건넸는데, 린네풀을 두고 무슨 이야기를 한들 감동의 반절도 표현할 수 없다는 사실을 그와 나 모두 알고 있었다. 거대한 생명체의 등뼈를 연상시키는 어마어마한 크기의 바위가 거친 초원을 관통했다. 우리는 숲과 가까이 맞닿은 바위 끝을 타고 가장 높은 곳까지 올라갔다. 뾰족한 전나무로 둘러싸인 정상에서 섬 전체를 내려다보고, 이 섬과 조금씩 엿보이는 다른 수백 개의 섬을 둘러싼 바다, 육지의 해안과 저 멀리 수평선까지 조망했다. 문득 광막한 세상을 감각할 수 있었다. 그 어떤 것도 시야를 막거나 몸을 에워싸지 않았으니까. 탁 트인 곳에서는 어김없이 이런 자유로운 시공간적 감각을 느끼게 되는 법이다.

"세상에 이렇게 풍경 좋은 곳은 없을걸요." 윌리엄이 자랑스레 말했고, 나는 서둘러서 진심 어린 찬사를 늘어놓았다. 아무래도 한 번도 고향을 벗어난 적이 없는 꼬마에게 어울리는 말이었지만, 나고 자란 거친 땅을 소중히 여기는 그를 보면 누구든 애틋함을 느꼈을 것이다.

우리는 식사 시간에 조금 늦었으나 블래킷 부인과 토드 부인은 너그러웠다. 윌리엄이 식자층처럼 충실하게 우물에서 손을 씻고 부엌문 뒤에 걸려 있던 깔끔한 파란색 코트로 갈아입느라 시간을 지체한 후에야 전부 자기 자리에 앉을 수 있었다. 윌리엄이 결연하게 기도를 제안했으나 내 쪽에서는 기도 소리가 들리지 않았고, 우리는 다 함께 차우더를 먹으며 감사해했다. 고양이는 식탁 주변을 빙빙 돌다가 걸음을 멈추고 어린 앞발에 힘을 잔뜩 준 채 일어서서는 우리 팔꿈치 옆에서 열정적으로 야옹대거나, 멧종다리가 깜빡하고 너무 가까운 잔디밭으로 와서 울면 열린 문을 향해 달음질했다. 윌리엄은 말이 없었으나 누나 토드 부인이 더닛 랜딩과 주변 해안의 소식이란 소식은 전부 알려주며 함께하는 시간의 주인이 되었고, 나이 든 어머니는 즐겁게 듣기만 했다. 블래킷 부인이 손님을 맞는 방식은 절묘했다. 참 많은 여자에게 부족한 재능, 자신과 자신의 집을 오롯이 손님의 기쁨에 바치는 재능을 갖춘 부인이었다. 잠시 자신과 자신에게 속한 것을 전부 내어줌으로써 그들 삶의 한 조각을 영원한 추억으로 새겨주는 매력적인 복종을 할 줄 알았다. 사교술이란 결국 일종의 독심술이며, 나를 맞아준 부인에게는 그 귀한 재능이 있었다. 공감은 마음뿐만 아니라 정신의 산물이기도 하고, 블래킷 부인과 내 세계는 처음 만난 순간부터 하나였다. 게다가 부인에게는 궁극의 재능, 천상이 허락하는 가장 고매한 재능이 있었으니 바로 완전한 이타였다. 때때로 부인의 다정하고 열심인 얼굴을 바라보고 있자면 어찌 된 사연으로 이토록 빛나는 인물이 북쪽 바다의 외딴섬에 자리 잡게 되었을까 의아해졌다. 어쩌면 균형을 맞추기 위한 것일지도, 각자 흩어져 살지만 서로가 절실한 이웃들에게 부족한 것들을 보충해주기 위해서일지도 몰랐다.

오래된 파란색 접시들을 치우고 고양이가 자기 몫의 싱싱한 해덕까지 먹어치운 뒤 부엌 의자를 제자리로 밀어 넣는데, 토드 부인이 불쑥 입을 열더니 이제는 하려고 했던 약초 채집을 위해 풀밭으로 떠나야겠다고 말했다.

"여기서 쉬어도 되고, 나랑 같이 가도 되고." 토드 부인이 알렸다. "엄마는 낮잠을 주무셔야 해. 돌아오면 윌리엄이랑 같이 노래를 불러줄 거야. 음악을 워낙 좋아하셔서." 토드 부인이 말하고는 어머니와 이야기하려고 고개를 돌렸다.

하지만 블래킷 부인은 목소리가 예전 같지 않다고, 윌리엄
도 노래할 생각이 없을지 모른다고 전했다. 딱하게도 순한 노
인은 실로 피곤해 보였는데, 그러지 않았다면 나는 부인이 낮
잠을 자는 동안 평화롭고 아담한 집에 앉아 있었을 것이다.
부인의 딸과 함께 초원을 돌아보는 즐거운 경험이라면 이미
한껏 즐겼으니까. 하지만 토드 부인과 외출하는 쪽이 나을 듯
했기에 우리는 함께 집을 나섰다.

토드 부인은 집에서 가져온 깅엄 가방을 들었는데, 밑바닥
에 작고 무거운 짐이 들어 있어 가방이 손 밑으로 홀쭉하게
축 처져 있었다. 가는 길이 가파른 탓에 부인은 곧 숨이 찼고,
우리는 주변의 월계수 덤불 사이에 있는 거대한 돌 위에 한
동안 앉아 쉬었다.

"여기, 이거 보여주려고. 어머니 사진이야." 토드 부인이 말
했다. "옛날에 어머니가 결혼하고 얼마 안 됐을 때 포틀랜드
에 갔다가 찍은 거지. 이건 나." 토드 부인이 또 다른 낡은 상
자를 열어 아이의 사진을 보여주며 덧붙였다. 부인은 예순 살
이 넘었지만 사진 속에 있는 아이의 포동포동하고 명랑한 얼
굴과 똑 닮았다. "그리고 여기 윌리엄과 아버지가 같이 찍은
사진. 나는 아버지를 닮아서 몸집이 크고 육중한데, 윌리엄은
외가 식구들처럼 키가 작고 호리호리해. 뭐라도 제대로 해야
했는데, 남자인 데다가 어머니를 닮았으니까. 일은 쉴 없이

했고, 농장도 잘 관리했고, 그러면서 고기잡이도 잘 해냈지만, 어머니처럼 재바르게 사리 분별을 해내는 능력은 없는 것 같아. 윌리엄도 판단력이 좋기는 해." 윌리엄의 누나는 고민에 빠졌지만, 분명 실패라고 생각하는 듯한 동생의 삶을 두고 만족스러운 결론을 끌어내지는 못했다. "주어진 삶을 최대한 즐기며 한껏 행복하게 사는 모습을 보고 있으면, 그게 누구든 마음이 좋아지는 것 같아." 토드 부인이 은판사진을 치우며 말했다. 하지만 나는 손을 뻗어 부인의 어머니 사진을, 예스러운 옷차림을 한 사랑스럽고 앳된 여자의 꽃 같은 얼굴을 한 번 더 바라보았다. 눈동자 속에 기대감과 즐거움이, 저 멀리 수평선을 향한 갈망이 느껴졌다. 대대로 바다 일을 해온 집안 식구들이 그런 눈빛을 타고나고는 했다. 일생을 바다에서 보낸 사람들, 항상 저 먼 곳의 돛이나 처음 떠오르는 뭍 풍경을 기대하며 산 그들의 딸과 아들 들이 물려받는 눈빛. 바다에는 가까이서 관찰해야 할 것이 없고, 이는 뱃사람 안에서 자라나는 원대하고 용감하고 진득한 성정, 바닷사람과 사랑에 빠지고 마는 이유인 희망차고 유쾌한 성정과 짝을 이루었다.

　가족사진을 다시 커다란 손수건으로 감싸놓은 뒤 우리는 좁은 오솔길에 접어들었고, 풀은 더 많고 덤불은 적은 북향의 외만 지역으로 나아갔다. 깊은 바다가 내려다보이는 바위 절벽이 나왔는데 바람이 약하고 해안 가까운 곳의 물살도 가만해 보였으나 파도 소리가 요란했고, 우리는 절벽 너머 키 작은 풀밭 가장자리로 갔다. 그 풀밭에서 세상 다른 곳에서는 찾아볼 수 없는 페니로열이 자랐다. 가지를 하나씩 주워 모으며 조심스럽게 나아가는 우리 위로 감미로운 향기가 허공을 맴돌았고, 토드 부인은 향긋한 꽃다발을 양손 사이에 꼭 쥐고는 내 쪽으로 내밀고 또 내밀었다.

"이만한 게 없어." 토드 부인이 말했다. "아, 그럼, 메인주를 통틀어도 이런 페니로열이 자라는 곳은 없지. 페니로열은 이런 무늬여야 해. 다른 건 전부 흉내에 불과하다고. 보고 있으면 기분 좋아지지 않아?" 그 질문에 나는 열성으로 대답했다.

"있지, 동생, 여기는 엄마 말고 아무한테도 보여준 적 없어. 내게는 신성한 곳이랄까. 우리 남편 네이선이랑 연애할 때 둘이 즐겨 찾던 곳이거든." 부인은 머뭇거리더니 목소리를 낮추고 말했다. "남편이 실종된 곳도 바닷가 바로 앞이야. 스쿼 아일랜드 사이에 있는 좁고 짧은 물길로 들어오려다가 그랬지. 우리가 여름 내내 앞날을 계획했던 이 곳이 똑바로 보이는 데서."

토드 부인이 남편 이야기를 하는 것은 처음이었는데, 나를 이곳에 데려옴으로써 우리는 진정 친구가 된 느낌이었다.

"우리 사이는 그냥 꿈 같았어." 토드 부인이 말했다. "남편이 사라졌을 때 깨달았지. 깨닫고말고." 부인은 고해성사라도 하듯 속삭였다. "실은 남편이 바다에 나가기 전부터 알고 있었어. 네이선을 만나기 전에 난 이미 마음을 다친 적이 있었

거든. 어쨌든 남편은 날 정성스럽게 사랑해주고 행복하게 해
줬지. 우리가 오랫동안 함께 살면 어땠을지 알기 전에 먼저
가버렸고. 사랑이란 게 참 묘해. 그래, 네이선은 몰랐지만 난
남편을 만나기 전에 이미 상심한 적 있었지. 세상에는 사랑하
기보다 사랑받기를 원하는 여자들이 더 많아. 난 바로 이 자
리에서 참 행복한 시간을 보냈어. 항상 네이선을 좋아했고,
아무것도 말하지 않았어. 이 페니로열을 보면 항상 떠올라.
앉아서 풀을 뜯고 있으면 그이 목소리가 들리고, 어김없이 떠
올리고 말아. 먼 과거의 다른 애인을."

　토드 부인은 내게서 시선을 돌리고는 바로 일어나 혼자 저
쪽으로 가버렸다. 부인의 듬직하고 단호한 몸피에서 어딘가
외롭고 고독한 분위기가 풍겼다. 홀로 테베 평야에 선 안티고
네*를 닮아 있었다. 시끌벅적한 세상을 떠나 깊은 비탄과 침
묵의 공간에 발들일 기회가 잦지는 않다. 이 시골 여자는 절
대적이고 고전적인 슬픔에 사로잡혀 있었다. 그의 슬픔 때문
인지 단순한 시골 생활과 태고의 약초 향기로 부산스러운 삶
의 외따로움 때문인지, 부인은 되살아난 역사 속 영혼 같았다.

　나는 약초 채집에 무능하지는 않았기에 시간이 흐른 뒤, 그

● 　그리스 신화에 나오는 오이디푸스 왕의 딸. 인간이 만든 인위적인 법률에 우선
　하는 자연의 도리를 상징하는 인물이다.

러니까 오래도록 앉아서 자신의 의식을 흔들어 새로운 깨달음을 얻고 기억 속의 한 페이지를 새로운 기쁨으로 읽은 뒤에 나의 의무대로 약초를 몇 다발 모았다. 마침내 우리는 더 높은 지대의 해안에서 다시 만났다. 페니로열이 자라는 저지대로 내려오며 뒤로했던 평범한 일상의 세계였다. 들판의 높은 가장자리를 따라 걷는데 만과 더 먼 바다 곳곳에 널린 수많은 돛이 보였다. 오후 중반이었는지 그 이후였는지, 어쨌든 하루가 끝나가고 있었다.

"그래, 다들 해안으로 돌아오고 있구나. 작은 어선들이며 바닷가재 어선들이며 전부." 나의 동행이 말했다. "이제 어머니랑 차나 한잔하면서 같이 시간을 보내고 집으로 가야겠네."

"해가 져서 순풍이 사라져도 괜찮아요. 내가 조니랑 노를 저으면 되니까." 내가 말했다. 토드 부인은 안심이 된다는 듯 고개를 끄덕이고는 일정한 보폭을 유지했고, 윌리엄이 우리를 찾고 있었던 것처럼 집 모퉁이에서 나와 손을 흔들고 사라졌을 때도 걸음을 재촉하지 않았다.

"세상에, 윌리엄이 테라스에 나와 있네. 또 얼굴을 보게 될 줄은 몰랐어!" 토드 부인이 외쳤다. "이제 엄마가 바로 주전자를 올릴 거야. 불을 잔뜩 피웠잖아." 내 눈에도 짙어지는 푸른 연기가 보였고, 이제 우리가 조금 발걸음을 재촉하는 사이 토드 부인은 은판사진을 제자리에 가져다두려고 약초로 가득 찬 가방 안을 더듬었다.

제11장 나이 든 가수들

윌리엄은 옆문 계단에 앉아 있었고, 나이 지긋한 어머니는 바쁘게 차를 끓이다가 내 손에 오래된 꽃무늬 유리 차통을 쥐여주었다.

"윌리엄이 차탁을 차리면서 이걸 보여드리면 좋겠다던데. 우리 아빠가 토바고섬에서 구해다 엄마한테 선물한 거야. 예쁜 머그잔 두 개까지 한 세트지." 블래킷 부인이 불 옆에 있는 작은 찬장의 유리문을 열었다. "내가 가진 가장 좋은 것들이야, 동생." 부인이 말했다. "우리가 겨울 일요일 밤을 어떻게 즐기는지 보면 웃을걸. 평소와 다름없이 보내는 대신 대접할 때 내올 법한 고급 차를 마시거든. 근사한 걸 만들어서 색다르게 즐기고 저장해둔 잼도 조금 꺼내서 먹고, 같이 이야기를 나누면서 정말 좋은 시간을 보낸다니까."

토드 부인은 마구 웃으며 내가 그런 천진한 이야기에 어떻게 반응하는지 살폈다.

"일요일 저녁에 이 자리에 있고 싶어지는데요." 내가 말했다.

"윌리엄과 내가 동생 이야기를 하며 이 좋았던 날을 떠올릴 거야." 블래킷 부인이 애틋하게 말하고는 윌리엄 쪽을 흘긋 보았고, 그는 용감하게 고개를 들어 끄덕거렸다. 나는 남매가 서로를 앞에 두고는 속내 이야기를 하지 못한다는 것을 눈치 챈 참이었다.

"이제 윌리엄이랑 엄마랑 노래 좀 해봐." 토드 부인이 갑자기 명령하듯 말했고, 나는 눈에 띄게 불안해하는 윌리엄에게 마음이 쓰였다.

"차 마신 다음에 하자, 애야." 집주인이 쾌활하게 대꾸했다. 그래서 우리는 자리에 앉아 잔을 들고 계속되는 즐거움을 만끽했다. 영원히 그린 아일랜드에 머무르고 싶다고 생각하지 않기란 불가능했고, 참지 못하고 그렇게 말하고 말았다.

"난 겨울에도 여름에도 여기서 아주 행복하단다." 블래킷 부인이 말했다. "윌리엄과 난 다른 집을 바란 적이 없어. 그렇지 않니, 윌리엄? 이곳을 좋게 생각한다니 기쁜걸. 마음 내킬 때면 와서 머무르다 가렴. 하지만 앨미리는 다르지. 하나님이 친절하셨어. 우리 딸이 남편에게서 좋은 집을 받아 진정 어울리는 곳에 살고 있으니. 줄곧 여기 그린 아일랜드에 살아야 했다면 답답해서 못 견뎠을 거야. 넓은 세상을 보고 싶었잖아. 그렇지, 앨미리? 더 많은 것이 자라나는 넓은 땅에 살고 싶었지? 이따금 우리가 같이 살지 않는 걸 의아해하는 사람들이 있어. 언젠가 같이 살 날이 있을지도 모르지." 부인의 얼굴에 슬픔과 불안의 그림자가 드리웠다. "누구든 병이 들어 몸져누울 때가 오기 마련이니까. 하지만 앨미라가 약초로 고치지 못할 병은 없어." 부인은 이야기하며 미소 짓더니 다시금 밝은 얼굴이 되었다.

"누가 어떤 병에 걸리든 도움이 될 약초는 있는 법이지. 아프지도 않은데 아프다고 생각하는 사람들만 빼고." 토드 부인이 진정 전문가다운 단호한 태도로 선언했다. "어서, 윌리엄, 〈즐거운 우리 집〉 한번 들어보자. 그다음에 엄마가 〈큐피드와 꿀벌〉을 불러줄 거야."

그리고 정말이지 기분 좋은 충격이 이어졌다. 윌리엄이 소심함을 이겨내고 노래를 시작한 것이었다. 목소리가 다소 약하고 떨려 꼭 가족 은판사진 같았으나 완벽하게 진실되고 감미로운 테너의 노래였다. 〈즐거운 우리 집〉을 그만큼 감동적이고 진지한 목소리로 부르는 것은 들어본 적이 없었다. 그의 노래 덕에 사뭇 새롭게 들렸다. 그가 첫 소절 끄트머리에서 잠시 멈췄다가 다음 소절에 돌입했을 때 어머니가 합류해 두 사람은 합창을 시작했는데, 어머니가 고음을 놓칠 때마다 아들이 순간 자신의 목소리를 빌려줌으로써 어머니의 음과 선율을 이어가는 듯했다. 말 없는 남자의 진정하고 유일한 표현 수단이었고, 평생 들을 수 있을 것 같았다. 스코틀랜드와 영국에 오래전부터 전해진 노래들, 전시부터 전해진 발라드 중 가장 훌륭한 것들을 요청하고 또 요청하고 싶어지는 목소리였다. 토드 부인은 커다란 발로 눈에 보이게 때로는 귀에 들리게 박자를 맞추었다. 이따금 그의 눈가에 맺힌 눈물이 보였다, 내 눈에 맺힌 눈물 너머로 앞이 보일 때는. 하지만 결국 노래는 그쳤고 작별할 시간이 되었다. 큰 즐거움의 막이 내렸다.

토드 부인은 약초 가방을 묶었고, 윌리엄은 물가로 가서 배를 준비했다. 조니 보든은 바닷가재를 잡으며 잔치를 벌이는 배에 탄 참이라 윌리엄이 그를 불러들이려고 뿔피리를 불었는데, 블래킷 부인, 다정한 노부인이 침실의 문을 열어 보였다.

침실로 들어간 나는 분홍색과 흰색 누비 킬트와 덧칠하지 않은 갈색 목판을 둘러보며 참으로 아늑한 꾸밈새라 생각했다.

"어서 들어와, 동생." 블래킷 부인이 말했다. "저기 창가에 있는 내 오래된 누비 흔들의자에 앉아봤으면 해서. 우리 집에서 가장 전망이 좋은 곳이라 할 수 있지. 쉬고 싶거나 책을 읽고 싶으면 거기 자리 잡을 때가 많아."

조명이 놓인 탁자에는 너덜너덜한 붉은색 성경과 블래킷 부인의 두꺼운 은테 안경이 있었다. 좁은 창틀에는 골무가 있었고, 탁자 위에는 아들을 입히려고 바느질 중인 도톰한 줄무늬 면 셔츠가 곱게 접혀 있었다. 그 다정한 노부인의 손가락과 애정 깃든 바느질, 사랑이 필요한 모든 것을 한껏 사랑해 온 마음이란! 이곳, 그런 아일랜드의 낡은 집 한가운데에 진정한 보금자리가 있구나! 나는 흔들의자에 앉아 그곳, 들판과 바다와 하늘의 가만한 풍경이 내다보이는 아담한 갈색 침실을 평화의 공간이라 느꼈다.

나는 고개를 들었고, 우리는 아무 말 없이 서로를 이해할 수 있었다. "지금 여기 자리 잡은 동생을 떠올리면 즐겁겠지." 블래킷 부인이 말했다. "또 왔으면 좋겠어. 윌리엄이 얼마나 좋아했다고."

집으로 돌아가는 길 내내 순풍이 배를 실어 날랐고, 뭍에 닿을 때까지 떨어지거나 느슨해지지 않도록 돛을 붙들어주었다. 배에는 넉넉한 양의 바닷가재, 윌리엄이 실어준 햇감자, 토드 부인의 자랑스러운 표현을 빌리자면 "생선 통"을 가득 채운 최상급 자반고등어가 실려 있었다. 상륙한 뒤에는 이 많은 짐을 수레에 실어 집까지 나르기 위해 부두의 배달부를 부려야 했다.

그런 아일랜드에서 보낸 하루는 절대 잊지 못할 것이다. 섬을 떠나 더닛 랜딩으로 오려니 이 마을이 거대하고 소란스럽고 과하게 느껴졌다. 바로 이런 것이 대비의 힘이다. 그날 밤 아래층 침실에 잠들지 못하고 누워 있는데 수줍은 쏙독새 울음이 들릴 만큼 마을이 적막했고, 바다에서 부드럽게 산들바람이 일 때마다 토드 부인의 정원에서 자라는 약초의 향기가 살며시 창틈으로 밀려들고 또 밀려들었기 때문이다.

제12장 낯선 돛

　토드 부인이 다른 섬이나 내륙 출신의 방랑자 몇몇을 한 끼 식사로 따뜻하게 맞아줄 때를 제외하면 우리 둘은 여름내 꽤 오붓했다. 그런데 7월 말, 외부인의 침입 조짐이 보이다가 포스딕 부인이라는 사람이 먼 수평선 위에 낯선 돛으로 등장했을 때 나는 불안에 휩싸였다. 그때까지 나는 토드 부인의 예스럽고 아담한 집이 거대한 동물의 몸체라든가 조가비 같은 것이라 그 단순한 굴곡 속에서 부인과 내가 은신 중이라고 상상하며 지극히 안락하고 무심하게 살고 있었는데, 웬 소라게 같은 방랑자가 방문해 비어 있던 작은 방을 자신의 거처로 삼았기 때문이다. 인적 드문 무인도에 조난당한 자가 구조되기를 겁내는 일도 왕왕 있나보다. 처음에 포스딕 부인의 이야기를 들었을 때는 이기적인 마음에서 반감이 들었다. 하지만 결국 내게는 휴가 내내 쓸 수 있는 학교 건물이 있었기에 언제든 혼자일 수 있는 데다가, 토드 부인이 처음에는 불평하다가도 오랜 친구를 맞이할 생각에 진심으로 기뻐하는 모습을 보자니 마음이 풀어졌다.

거의 한 달 동안 우리는 간헐적으로 포스딕 부인의 소식을 들었는데, 부인은 엘리자베스 여왕처럼 내륙의 이웃을 집집이 행차하는 여정 중인 듯했다. 일요일을 맞을 때마다 토드 부인은 교회에서 손님을 마주침으로써 그날을 대단한 방문의 첫날로 못 박고 싶은 희망이 좌절되어 실망하고 말았다. 하지만 포스딕 부인은 일정을 확정할 준비가 되어 있지 않았다. 돌아다니기 좋아하는 주부에게 "이번 주 내로 한번"이라는 말은 모호하기에 토드 부인은 허브 채집 일정을 전부 미룬 채로 기대, 짜증, 절망의 단계를 오르내렸다. 결국 포스딕 부인이 방문 약속을 잊어버렸다고, 토머스턴 댁 쪽이라고 넌지시 언급되었던 길을 따라 집으로 돌아갔다고 믿기로 했다. 그러던 어느 저녁, 식탁을 다 치우고 '준비 완료'한 다음, 토드 부인이 커다란 앞치마를 머리에 두른 채 약초밭으로 저녁 마실에 나섰을 때 이변이 발생했다. 바퀴 소리를 듣고는 창문에 앉아 있던 내 쪽으로 기쁜 탄성을 내지르기를, 포스딕 부인이 길을 따라 이쪽으로 오고 있다는 것이었다.

"사려 깊은 사람은 아닐지 몰라도 옆에 있으면 까무러치도록 재미있어." 토드 부인이 말했다. 지척에 있는 대문에서 몇 걸음 오기를 서두르고 있었다. "맞아, 전혀 사려 깊지는 않아.

그나저나 동생이 차 마실 때 먹고 남긴 작은 바닷가재가 있구나. 그래, 바닷가재가 있어서 정말 다행이야. 한 시간만 일찍 왔으면 좋았을 텐데, 수전 포스딕은 그 정도 편의도 봐주지 않는 인물이라서."

"이미 저녁을 먹었을지도 몰라요." 주부의 불안에 공감한 내가 추측을 감행했다. 만으로 길게 탐험을 다녀온 후라 저녁 식사를 바라는 나 자신의 이기적인 식욕을 어렴풋이 의식하고 있었다. 더닛 랜딩에는 어떤 종류든 위급한 상황이 거의 없어서 이 정도도 견디기 버거웠다.

"아냐, 네이험 브레이턴 댁에 있다가 마차를 타고 온걸. 성수기라 농장 일이 바빠서 말을 내줄 수 없었을 거야. 슬며시 가서 찻주전자를 다시 불에 올려, 동생. 감자튀김도 한 움큼 가득 하고. 불은 계속 잘 타오르고 있으니까. 내가 데리고 가서 짐 풀라고 할게. 어떻게 된 일인지 설명하며 보닛을 벗느라 바쁠 테니까 동생에겐 시간이 많아. 사실 수전은 준비되지 않은 채로 만나고 싶지 않은 사람이거든."

포스딕 부인은 이미 대문 앞에 있었고, 토드 부인은 친구를 맞이하게 되어 오롯이 놀라고 기쁜 얼굴로 뒤돌아보았다.

"세상에, 수전 포스딕." 토드 부인이 외치는 소리가 들렸다. 탁 트인 들판 반대편에서 부르는 것처럼 또렷하고 고운 목소리였다. "안 오는 줄 알고 포기할 뻔했지! 우리 집에 오는 대신 다른 집에 간 줄 알고 속상했어. 저녁은 먹었으려나?"

"맙소사, 아니. 안 먹었어, 앨미리 토드." 가방이며 보따리를 잔뜩 든 포스딕 부인이 마차를 몰고 온 남자아이에게 인사하고는 몸을 돌려 쾌활하게 대답했다. "저녁이라고는 요만큼도 안 먹었어, 친구. 오는 내내 네가 끓인 맛있는 차 한잔 얻어먹을 생각을 했지. 서랍에 보관해둔 우롱차 말이야. 몸에 좋다는 약초는 하나도 필요 없고."

"우롱차는 목사님 가족이 오면 대접하려고 아껴둔 건데." 토드 부인이 명랑하게 대답했다. "어서 안으로 들어와, 수전 포스딕. 넌 예나 지금이나 참 한결같구나!"

두 사람이 아이들처럼 웃으며 함께 진입로를 걸어오는 사이 나는 할 일이 많았기에 부리나케 부엌으로 가서 불을 세게 피운 뒤 늦은 저녁을 홀로 책임질 바닷가재가 고양이 손에 넘어가지 않도록 최선을 다했다. 알고 보니 야생 산딸기와 빵과 버터가 넉넉히 남아 있어서 나는 평정을 되찾고 과연 언제부터 나 역시 이 휘황한 방문에 한몫할 수 있을지 안달복달 기다렸다. 손님이 진솔하게 우롱차를 요청하자마자 저녁 공기에 즐거운 잔치 분위기가 샘솟았다.

중대한 순간이 도래했다. 토드 부인이 계단참에서 정식으로 나를 소개한 뒤 두 친구는 함께 부엌으로 갔고, 곧 내 귀에 도자기가 부딪치는 환대의 소리와 빠르게 찻잔을 젓는 소리가 들렸다. 거실 창가에 있는 등받이 높은 흔들의자에 앉은 나는 따돌림당하는 듯한 터무니없는 심정에 사로잡혔다. 한

스 안데르센의 동화 속 문간에 선 아이 같았다. 첫인상에 포스딕 부인은 굉장한 사교적 재능이 있는 사람 같지는 않았다. 진지해 보이는 아담한 노부인으로, 새처럼 고개를 까딱거렸다. 나는 수전 포스딕이 방문하면 그 어느 때보다 즐겁다는 이야기를 종종 들었다. 꼭 사람들을 만나러 다니는 것이 가장 고매한 소명이라는 듯한 표현이었다. 모두가 부인과 만나고 싶어 하지만 소수만 그 영예를 누릴 수 있는 듯했다. 게다가 토드 부인도 '사귐의 비결을 아는' 유명 인사와 함께한다는 기쁨에 특별한 존재가 된 듯 흡족해하는 모습이었다. 과연 포스딕 부인은 주변 사람들에게 영향력이 있는지 집주인과 내게 따뜻한 즐거움과 기대감을 선사하고 있었다.

두 친구는 최소 한 시간 동안 나타나지 않았다. 그들이 공공연한 것에서 비밀스러운 것으로 주제를 넘나드는 동안 부산한 목소리가 커졌다가 잦아들기를 반복했다. 마침내 토드 부인이 친절하게도 나를 기억해내고 의례적으로 방문을 두드린 뒤 들어왔을 때, 뒤에 자그마한 손님이 있었다. 토드 부인은 수줍음 많은 어린아이를 데려온 것처럼 뒤로 손을 뻗어 포스딕 부인의 손을 잡고는 부드럽게 앞으로 밀었다.

"자, 두 사람이 서로를 좋아할지 싫어할지 잘 모르겠어. 그래, 두 사람이 잘 맞을지 미리 알 수는 없지만, 내 생각에는 어떤 식으로든 잘 지낼 것 같아. 둘 다 세상 경험이 있으니까." 우리의 다정한 주인이 말했다. "포스딕 부인에게 저번에 그런 아일랜드 사람들 보고 온 이야기를 해줘도 되겠네. 이 친구는 항상 엄마랑 잘 지냈거든. 이제 두 사람이 괜찮다면 나는 살짝 빠져나가서 저녁을 차리고 빵 발효를 시작해야겠어. 준비되면 내 옆으로 와서 있어도 돼. 한 사람만 오든 둘다 오든." 듬직하고 상냥한 토드 부인은 그렇게 우리 둘만 남겨놓고 떠났다.

대화 주제뿐만 아니라 혹여 서로 맞지 않을 경우를 대비해 부엌이라는 안전한 피난처까지 마련된 상태로, 포스딕 부인과 나는 함께하는 자리를 한껏 즐길 준비를 마치고 자리에 앉았다. 머지않아 나는 포스딕 부인이 해안가에 사는 나이 지긋한 여자 상당수와 마찬가지로 인생의 한 시절을 바다에서 보냈으며 훌륭한 여행자의 호기심과 깨달음으로 가득하다는 사실을 알게 되었다. 이제 분별력을 발휘해 토드 부인에게 가봐야겠다는 생각이 들었을 때쯤 우리는 이미 막역한 친구였다.

손님이란 밀물처럼 들이닥치는 법인데, 토드 부인이 내게 속삭였듯 포스딕 부인의 밀물에 만족하지 않기란 힘들었다. 관계의 물살을 타고 새로운 충동과 생기가 밀려들었고, 자주 방문하지 못하는 추억의 바다가 드러났다. 포스딕 부인은 뱃사람들과 뱃사람의 아내들로 이뤄진 대가족의 어머니였으나, 그들 대부분이 먼저 죽었다. 곧 나는 그들의 행운과 불행의 역사에 관해 대강대강 알게 되었는데, 두 친구는 내 귀가 벽난로 선반 위의 조가비인 것처럼 내 앞이라고 사적인 주제를 삼가지 않았다. 포스딕 부인에게는 점잖고 우아한 구석이 없지 않았다. 옷차림이 근사했으나 몇 년 전 시골의 유행이 잘 보존된 기묘한 분위기였다. 예상과는 다르게 현대적인 지식을 갖춘 덕에 전체적으로 봤을 때 세상에 정통한 여자라고 평할 수도 있었으나, 그와 달리 토드 부인의 지혜는 진실 그 자체를 바라보는 것이었다. 토드 부인은 그리스의 목가 시인 테오크리토스처럼 어느 시대에든 속할 수 있는 사람이었다. 토드 부인은 항상 포스딕 부인을 이해했으나 그 흥미진진한 여행자는 항상 토드 부인을 이해하지 못했다.

첫날 저녁부터 나의 친구들은 회상과 사적인 소식의 광활한 바다로 뛰어들었다. 지금까지 포스딕 부인은 자신이 태어난 농장에서 현 소유주 가족과 지내며 햇살 닿는 둔덕과 그 늘진 들판 구석구석을 샅샅이 다녔다고 했다. 다만 그곳에 다녀오는 것도 마지막이라고 말했을 때는 반박을 기다리는 기색이 느껴졌는데 토드 부인이 즉각 기대에 부응했다.

"앨미라." 포스딕 부인이 슬픈 목소리로 말했다. "말이야 하고 싶은 대로 할 수 있지만, 우리 옛집에서 아홉 남매가 자랐건만 이제 다 죽고 남은 건 나 하나야."

"여동생들이 남았지. 데일리 안 죽었잖아? 그래, 루이자도 안 죽었고!" 토드 부인이 놀라서 소리쳤다. "세상에, 그런 소식은 못 들었는데!"

"죽었어. 지난 10월에 린에서. 집은 저 멀리 버몬트주였는데 막내딸 집에 다녀갔다가 그렇게 된 거야. 가족 장례 중에 내가 참석 못 한 건 루이자뿐이야. 상황이 어쩔 수 없었어. 다른 가족은 전부 집 주변에 묻혔거든. 린에 있는 사람들이 루이자를 고향으로 데려오지 않은 걸 보고 참 게으르다 싶었지. 다만 소식을 들었는데, 루이자가 죽기 전에 주변에 아주 근사한 기념탑이 세워졌었대. 데일리는 항상 휘황한 걸 좋아했거든. 루이자가 죽기 일주일 전에 기념탑을 봤는데 아주 좋아했대. 그래서 거기 묻어도 괜찮겠다고 믿은 거야."

"정말 갔구나. 장례식은 저 멀리 린이었고!"토드 부인은 슬픈 사실을 머리에 각인하려는 듯 똑같은 말을 반복했다. "우리보다 몇 살 어렸잖아. 루이자가 처음 등교했을 때가 기억나는걸. 엄마가 나를 공부시키려고 내륙에 있는 토펌 이모네 집으로 보낸 해였거든. 네가 어느 월요일에 분홍색 옷에 긴 곱슬머리를 한 꼬마 루이자를 데리고 학교에 왔고, 그 애는 우리 사이에 앉았지. 그런데 조금 후에 울기 시작해서 선생님이 쉬는 시간에 우리를 집에 보내버렸잖아."

"주변에 아이들이 너무 많아서 겁이 났던 거야. 집에는 아이들이 루이자랑 나, 존밖에 없었거든. 오빠들은 아빠랑 바다에 다니고 동생들은 아직 안 태어났을 때니까." 포스딕 부인이 설명했다. "이듬해 가을에는 다 같이 바다에 갔어. 엄마는 끝까지 자신이 없었던 것 같아. 배는 떠나려고 하는데 그때 막 태어난 갓난아이가 있는 데다가 여느 해보다 심한 악

천후가 길게 이어질 거라는 말도 있었거든. 그래서 엄마는 배 떠나기 직전까지 망설이다가 막판에야 그냥 가자고 결심했어. 내 옷을 전부 동쪽 방에 있는 바구니에 담아놓고는 그대로 두고 왔던 게 기억나네. 엄마가 배에 가져가려고 서랍에서 꺼내놓고는 그냥 뒀거든. 엄마 옷 중에 나한테 맞도록 줄여줄 만한 것도 없어서 내 옷이 낡았을 때는 그냥 존의 옷 중에 남는 외투와 바지를 입혔어. 난 여덟 살이었고 존은 일곱 살이었는데 나이에 비해 체격이 컸거든. 항구에 닿자마자 엄마는 바로 뭍으로 달려가서 나를 예쁘게 입혔는데, 우리의 종착지는 동인도였던지라 제대로 갖춰 입은 건 한참 후였지. 그래서 나는 꽤 오랫동안 자유의 마법에 홀려 있었다니까. 한창 성장기라 엄마가 치마를 길게 입혔고, 그 후로는 갑판에 쏘다니는데 매번 뒤꿈치에 치맛단이 닿아서 꼭 어린 시절이 다 지나간 것처럼 참 속상했지. 바지가 제일 좋았어. 바지 입고 돛대에 올라가 엄마한테 겁을 줬는데. 엄마는 이제 절대 배 안 태워준다고 으름장 놓고 난리였지 뭐야."

토드 부인의 얼굴에 떠오른 예의 바르되 멍한 미소를 본 나는 처음 들은 이야기가 아니리라고 짐작했다.

"루이자는 어렸을 때 참 예뻤는데. 그래, 내 눈에는 루이자가 항상 참 예뻤어." 토드 부인이 말했다. "그때 참 착한 꼬마였지. 엄마를 닮았어. 다른 남매는 전부 부친 쪽을 닮았는데."

"맞는 말이야." 포스딕 부인이 줄곧 흔들의자를 까딱거리며 말했다. "봐, 역사를 공유하는 오랜 친구와 이야기하는 건 참 즐거운 일이라니까. 요즘에는 과거도 미래도 없는 것 같은 낯선 사람들이 참 많이 보여. 대화는 과거에 뿌리를 두고 있어야 해. 그러지 않으면 하는 말마다 부연 설명을 해야 하고, 그러면 사람이 기진맥진해지고 말아."

토드 부인이 짧게 익살스러운 웃음을 터뜨렸다. "그럼, 오랜 친구가 항상 최고지. 오랜 친구 삼을 만한 새로운 친구를 만났을 때를 제외하면." 부인이 말했고, 우리는 서로에게 다정한 시선을 던졌다. 포스딕 부인은 이해하지 못했을 것이다. 이 집에 합류하고 얼마 지나지 않았으니.

제13장 가여운 조애나

어느 저녁 토드 부인의 셸히프 아일랜드에 관한 수수께끼 같은 이야기가 내 귀에 닿았다. 북동부의 차가운 비가 내리는 쌀쌀한 밤이었고, 나는 처음으로 내 방에 있는 프랭클린 스토브●에 불을 피우고는 같은 집에 머무는 두 사람에게 방 안으로 들어와 함께하기를 청했다. 토드 부인은 날씨가 싸늘하니 사탕 기침약을 넉넉히 만들어야겠다는 생각에 어둡고 건조하고 은밀한 곳에서 허브를 따왔고, 지금껏 진동하던 흙과 허브 내음은 마침내 부엌의 펄펄 끓는 냄비에서 풍기는 농밀한 스피어민트 물약 향기로 변했다. 토드 부인은 다 됐다고, 잘 됐다고 말하고는 뿌듯해하며 식게 두었고, 뜨개질로 바쁜 포스딕 부인을 보고는 본인도 뜨개질감을 집었다. 두 사람, 아

● 앞면이 열려 있거나 문으로 여닫을 수 있는 난로.

담한 부인과 헌칠한 부인은 흔들의자에 앉아 있었는데, 이따금 나는 토드 부인의 정신이 사탕 기침약 쪽에 가 있다는 것을 눈치챘다. 허브 철은 거의 끝났으나 물약과 강장제의 계절이 시작되고 있었다.

앞이 트인 스토브의 열기에 다들 조금 나른해했는데, 토드 부인이 들려준 셸히프 아일랜드 이야기에는 어딘가 묘한 구석이 있어 정신이 번쩍 들었다. 부인이 또 다른 이야기를 덧붙일지 기다리다가 일단 머릿속에 떠오른 생각을 말함으로써 에둘러 그 주제로 돌아가기를 꾀했다. 그린 아일랜드에 있는 가족, 토드 부인의 어머니와 남동생 윌리엄이 이곳에서 저녁 시간을 함께할 수 있다면 좋겠다는 말이었다.

토드 부인은 미소를 짓더니 흔들의자의 팔걸이를 손가락으로 두드렸다. "윌리엄이 그 말을 들으면 놀라서 나자빠지겠는걸." 부인이 경고했다. 포스딕 부인은 바닷바람이 너무 심하지 않으면 그린 아일랜드에 가서 이틀이나 사흘쯤 지내고 싶다고 말했다.

"셸히프 아일랜드는 어디에 있나요?" 기회를 포착한 나는 용감하게 물었다.

"그린 아일랜드에서 대충 북동쪽으로 5킬로미터쯤 가면 나와. 가까운 거리지. 여기서는 13킬로미터쯤 가야 할 것 같은데." 토드 부인이 말했다. "그쪽까지 가본 적 없을 거야, 동생. 메인주 해협을 벗어난 데다가 아무리 좋게 말해도 배로 다녀오기는 까다로운 곳이거든."

"나도 그렇게 생각해." 포스딕 부인이 검은 실크 앞치마의 주름을 펴내며 동의했다. "일단 가면 잘 왔다는 생각이 들기는 해. 어르신 중에는 그 섬을 두려워한 분들도 있었어. 그 옛날 인디언이 살던 시절에는 좋은 곳이라고들 여겼는데. 여기저기 잘 찾아보면 언제든 인디언들의 돌연장을 발견할 수 있지. 아름다운 샘물도 있고. 맞아, 옛날에는 셸히프 아일랜드를 둘러싼 기묘한 이야기가 많았어. 인디언들이 유유자적하기 좋은 곳이라고, 한때 바람을 지배하던 늙은 족장이 살던 곳이라는 말도 있었지. 어떤 사람들은 이런 이야기도 줄곧 들었대. 언젠가 북쪽에 사는 인디언들이 섬까지 와서 배도 없이 포로 한 사람만 남겨두고 돌아갔다는 거야. 블랙 아일랜드까지 헤엄치기는 너무 멀어서 그 사람은 죽을 때까지 거기 살았다더라."

"그 사람이 섬을 걸어 다니면 눈 밝은 이들 앞에 그이가 보였다가 사라졌다가 그랬다던데. 리틀페이지 선장이 북극으로 갔다가 만났다는 그 사람들처럼." 토드 부인이 어두운 목소리로 말했다. "어쨌든 그 섬에는 인디언들이 살았어. 가면 섬의 이름이 된 조개무지•도 볼 수 있고. 난 그곳에서 인디언들이 식인을 했다는 이야기도 들었는데, 믿음이 가진 않아. 메인 해

• '셸히프(shell-heap)'는 '조개무지'라는 뜻이다.

안에는 식인종이 없었는걸. 이 근방 인디언들은 다 순해 보여."

"맙소사, 그렇고말고!" 포스딕 부인이 외쳤다. "내가 어렸을 때 남양 제도에서 만난 얼굴 색칠한 야만인들을 봐야 하는데! 그때가 여행하기 재미있었지. 오래전 고래잡이 하던 옛 시절!"

"여자가 고래잡이배에 타면 분명 지루했을 거야. 활기 있는 항구에 들르는 법도 없고, 이런저런 화물을 싣지도 않고." 토드 부인이 말했다. "난 고래 사냥하러 떠나고 싶은 마음은 안 생기더라."

"돌아오는 길에는 아주 게으르고 뒤처진 사람이 된 기분이 들고는 했지. 사실이야." 포스딕 부인이 설명했다. "그렇지만 흥미진진했는걸. 항상 기대 이상의 성과도 올렸고, 뭍에 닿으면 부자가 된 느낌이었어. 난 이런저런 일을 다 해보는 걸 좋아했거든. 이거 봐, 시대가 얼마나 달라졌냐고. 이제는 바다 일 하는 집안도 거의 안 남았잖아! 게다가 우리가 어렸을 때는 이 동네에도 이상한 사람들이 얼마나 많았니, 앨미리. 지금은 다들 똑같잖아. 쳐다보며 웃을 사람도 울 사람도 없다니까."

내가 보기에 더닛 랜딩 지역에는 아직 기인이 여럿 남은 듯했으나 나는 끼어들기를 즐기지 않는 사람이었다.

"맞아." 토드 부인이 잠시 고민하다가 말했다. "분명 옛날에는 동네에 기묘한 사람들이 꽤 많았지. 더 에너지가 풍부했고, 어떤 사람들의 내면에서는 그 에너지가 꽤 특이하게 작동했지. 요즘 젊은이들은 죄다 흉내쟁이 고양이(copy-cat)•야. 남들과 다른 걸 죽을 듯이 겁내지. 나이 든 사람들은 개성이라는 작은 장점을 간절히 바라건만."

"흉내쟁이 고양이라니, 정말 오랜만에 듣는 말인걸." 포스딕 부인이 웃으며 말했다. "할아버지가 제일 좋아하는 말이었는데. 참, 난 그런 이야기를 하는 게 아니야. 전국으로 다니던 괴상한 방랑자들을 말하는 거야. 지금은 안 보이잖아. 이런저런 이상한 사상에 사로잡혀서는 집에 숨어 있는 사람들도 없고."

나는 리틀페이지 선장을 떠올렸으나 옆자리의 친구들은 그의 이름을 떠올리지 않았다. 게다가 우리 셋 모두가 아는 사람, 그린 아일랜드의 형제 윌리엄도 있었다.

"지난번에 가여운 조애나 생각을 했어. 정말 오랫동안 잊고 살았는데." 포스딕 부인이 불쑥 말했다. "브레이턴 부인이랑 같이 앉아서 바느질하는데 조애나 생각이 나더라고. 네가 말하는 특이한 사람 중 하나잖아, 아니야? 특이한 사람 이야기를 하니 생각나네." 부인은 고개를 돌려 내 쪽을 보고 설명했다. "셸히프 아일랜드에서 오랫동안 혼자 살았던 수녀랄까, 은둔자랄까, 그런 사람이 있었어. 조애나 토드 양, 그 사람 이

● 19세기 메인주에서 남을 따라 하는 사람을 지칭하는 표현으로 처음 쓰였다. 어미를 따라 하는 새끼 고양이를 보고 만들어낸 표현이라고 추측된다.

름. 앨미리의 돌아간 남편 사촌이지."

나는 관심을 표현했는데, 토드 부인 쪽을 보니 돌연 애틋한 감정이 샘솟는 동시에 말을 아끼고 싶은 마음도 있어 착잡해하는 얼굴이었다.

"언니를 웃음거리 삼는 건 절대 듣고 싶지 않아." 토드 부인이 불안한 목소리로 말했다.

"나도 마찬가지인걸." 포스딕 부인이 친구를 안심시켰다. "조애나는 엇갈린 사랑 때문에 상처받았어. 일단 거기서 문제가 시작됐지. 하지만 지금 돌이켜보면 애초에 우울감에 빠질 만한 성정이었던 것 같고. 유복한 아가씨였지만 세상을 영영 등져버렸지. 조애나가 바란 건 사람들에게서 벗어난 삶뿐이었어. 자신이 그 누구와도 함께 살 성정이 아니라고 생각했고, 자유롭기를 원해서. 셸히프 아일랜드는 아버지에게서 물려받은 땅인데, 사람들이 알아챘을 때는 아무도 찾아오지 말라는 말을 남기고 섬에서 살려고 떠난 후였어. 바람과 조수가 적당하지 않다면 가기 힘든 곳이야. 배를 대기가 워낙 어려워야지."

"어느 계절이었나요?" 내가 물었다.

"여름 끝나갈 무렵." 포스딕 부인이 말했다. "아니, 난 조애나를 절대 비웃지 못해. 비웃었던 사람도 있지만. 한 젊은이한테 모든 걸 바쳤는데, 결혼이 한 달쯤 남았을 때였나, 그 남자가 저 멀리 만 북쪽에 사는 여자한테 홀려서는 결혼해서

매사추세츠주로 떠나버렸다니까. 모두가 좋게 평가하는 남자
는 아니었지. 애초에 조애나의 재산에 혹해서 접근한 거라는
사람들도 있었고. 하지만 조애나는 마음을 전부 내준 데다가
전처럼 젊지도 않았거든. 결혼해서 진정한 가정을 이루고 가
족을 보살피며 살기만을 바랐는데. 마치 둥지가 부서진 새 같
더라고. 소식을 듣고 난 다음 날에는 끔찍이도 괴로워하더니
그다음 날에는 조용히 평정을 되찾았고, 말과 마차를 준비해
20여 킬로미터를 달려 변호사를 찾아가서는 자기 몫의 농장
지분 반절을 오빠 에드워드에게 양도하는 문서에 서명했다
지. 원래 남매 사이가 아주 좋지는 않았는데, 처음에 에드워
드는 서명을 거부하다가 조애나가 너무 괴로워하니 뜻대로
해줬대. 에드워드 토드의 아내는 좋은 사람이었던지라 정말
이지 안타까워하며 온갖 반박으로 조애나를 설득하려 했어.
하지만 조애나는 아버지 것이었던 처량한 낡은 배를 끌어다
가 짐 몇 가지를 싣고서, 산들바람이 솔솔 부는 육지를 뒤로
하고 바로 바다로 나아갔지. 에드워드 토드는 바닷가까지 달
려가서 조애나가 떠나는 걸 보며 어린애처럼 울었는데, 동생
은 이미 들리지 않는 곳에 있었던지라. 그러고는 죽을 때까지
육지에 발을 들이지 않았어."

"그 섬은 크기가 어느 정도인가요? 겨울에는 어떻게 버티
고요?" 내가 물었다.

"바위 지대까지 다 합하면 12만 제곱미터 정도 될 거야." 진

중하게 이야기를 듣던 토드 부인이 답했다. "태풍이라도 불면 소금 안개가 닿지 않는 곳이 별로 없어. 그래, 온 세상으로 삼고 살아가기에는 끔찍이도 비좁은 곳이지. 다른 섬들과는 생김새가 다른데, 남쪽에 아늑한 만이 있고 만 한쪽 끝에 평평한 갯벌이 있어서 썰물이면 실한 조개가 잡혀. 아담한 집 앞으로는 높게 조개무지가 있어서 바닷바람이 덜 닿지. 그 집 아버지가 젊었을 때 부러 수고를 들여 지은 집이야. 사람들이 그러는데 옛날에 그 자리에 통나무집이 있었대. 지하에는 자연스럽게 형성된 바위 동굴이 있고. 조애나네 아버지가 한번 섬에 가면 며칠씩 있다 왔다지. 작은 범선을 매어놓고 조개를 캐다가 배를 채운 다음 포틀랜드로 갔다는 거야. 조개가 어찌나 튼실한지 그쪽 사람들이 항상 웃돈을 얹어 줬대. 언니도 같이 가서 옆을 지켰고. 어느 때고 굉장히 잘 어울리는 부녀지간이었으니 딸은 섬이 어떤 곳인지 잘 알았겠지. 남매한테는 각자 자기 소유의 양이 몇 마리 있었는데, 어느 날 언니가 에드워드 오빠한테 자기 양을 팔 테니까 척박한 섬 가장자리로 와서 데려가라고 했대. 맞아, 양을 데려가라고 했다지. 새언니는 언니가 돌아올지도 모르겠다고 생각했거든. 그런데 오빠는 아니라고 이르고는 배에 방한 용품과 겨우내 필요할 물건들을 챙겨 갔대. 돌아올 때는 양들과 함께였고, 가져간 물건은 집 옆에 두었는데 언니는 창밖을 내다보지도 않았다더군. 속죄하려고 그곳에서 산 거야. 그때쯤에는 오빠가 보고 싶었을 텐데."

포스딕 부인이 한마디 하고 싶어서 꼼지락거렸다.

"어떤 사람들은 첫 번째 혹한을 겪고 나면 바로 뭍으로 돌아올 거라고 했지만 언니는 끝까지 섬에 남았어." 토드 부인이 진지하게 말했다.

"남자들 호기심이 얼마나 대단했는지 몰라!" 포스딕 부인이 비웃는 목소리로 외쳤다. "세상에, 셸히프 아일랜드 주변바다가 그해 가을 내내 돛으로 새하얬다니까. 그쪽에서 고기가 잘 잡힌다는 말은 한 번도 안 돌았는데. 샘에서 물을 마시겠다는 핑계로 섬에 배를 댄 남자들도 많았지. 마침내 배가잔뜩 모여 있는 데다 대고 조애나가 아주 근엄하고 차분하게말했어. 사고나 문젯거리가 생긴 게 아니라면 물은 블랙 아일랜드라든지 다른 곳에 가서 마시는 습관을 들이고 자기를 조용히 내버려뒀으면 좋겠다고. 다만 어렸을 때부터 조애나한테 마음을 바쳤던 남자가 한 명 있었거든. 다른 남자가 기회를 채 가지 않았다면 조애나와 결혼했을 거야. 그이가 날이밝기 전 고기 잡으러 가는 길에 섬에 들러서 집 앞의 경사진잔디밭에 작은 선물 꾸러미를 던져놓고는 했대. 그이 누이가나한테 말해줬는데, 처음에 그 꾸러미를 살펴봤더니 여자한테 없으면 아쉬울 유용한 것들을 살뜰하게 챙겼다더라고. 그러고는 멀리서 고기를 잡으며 살폈는데, 꾸러미가 온종일 잔디밭에 그대로 있었다지. 이따금 조애나가 밖으로 나와서 바로 옆으로 지나갈 때도 있었지만. 주변에 고등어를 잡으려는 다른 배들도 있었거든. 하지만 다음 날 아침 일찍 가보면 선물은 사라지고 없었다더라. 지나친 의미를 부여하지는 않았는데, 한번은 포틀랜드에서 구한 좋은 것들을 통에 담아 가져다준 적도 있고, 봄이 왔을 때 근사한 닭장을 작은 것으로 구해다가 암탉을 포함해 닭 몇 마리를 넣어줬다지. 조애나를 마음에 품고 산 좋은 옛 친구들이 참 많아."

"맞아." 토드 부인은 옛 생각에 연민이 차올라서는 서글픈 신중함을 잃어버리고 말았다. "다들 굴뚝에서 연기가 나는지 유심히 살펴봤지! 블랙 아일랜드에서는 망원경을 쓰면 언니가 있는 곳까지 보여서, 살아 있다는 낌새가 없으면 가족에게 알려줬을 거야. 하지만 처음 한두 해가 지나고 나니 규칙적으로 언니를 떠올리는 일은 조금씩 줄어들었지. 알려나, 그 시절에 사람들은 아주 단순하게 살았거든." 토드 부인이 이야기를 이어갔다. 포스딕 부인은 뜨개질에 정신이 팔린 상태였다. "섬은 항상 물살에 떠밀려 온 나무투성이인 데다가 시들어가는 가여운 가문비나무가 북부를 뒤덮고 있었으니 언니는 항상 땔감이 충분했어. 육지에 있을 때 밭일을 아주 좋아했거든. 섬으로 간 첫 여름에 그곳에서 아담하게 밭 한 뙈기를 갈아서 멋진 감자밭을 만들었어. 물론 낚시도 할 줄 알아서 조개나 바닷가재는 다 언니 차지였고. 산골에서는 굶어 죽어도 바닷가라면 야인으로서 잘 살아나갈 수 있는 법이야. 산골도 열매가 풍부한 철에는 괜찮겠지만. 언니가 사는 섬에도 열매가 많이 열렸지. 적어도 블랙베리는 있었고, 필요 시에 쓸 약초도 몇 종류 있었어. 언니가 셸히프로 도망치기 한참 전 그곳에 머무른 적이 있는데, 우단담배풀●이 굉장히 풍부하고 웜우드도 넉넉한 걸 봤었어. 맞아, 그때 본 웜우드가 떠오르네. 웜우드는 사람이 심어서 기르는 약초니까 토드 집안이 발들이기 전에 분명 누군가가 머물렀다는 뜻이야. 자라나는 덤불만 한 묘비도 없지. 웜우드가 줄곧 망자의 기념비 역할을 했을 거야. 개박하도 한곳에 오랫동안 끈질기게 자라는 식물이고."

"그렇지만 다른 건 어떻게 해결했는지 궁금하다니까." 포스딕 부인이 끼어들었다. "앨미라, 새 옷이 필요할 때는 어떻게 했으며, 빵을 부풀릴 효모는 어떻게 구했으며, 어느 여자든 자투리 천을 모아둘 가방 없이는 못 사는데, 그건 어떻게 구했을까?"

"친구도 없었잖아." 토드 부인이 의아해했다. "언니는 친구를 아끼는 사람이었는데. 분명 첫해에는 긴 겨울밤을 앞두고 끔찍했을 테지."

"닭이 있었으니까." 포스딕 부인이 조애나의 암울한 상황

● 잎에 달린 털이 우단(벨벳)처럼 빽빽하고, 재배하는 담배를 닮아 붙여진 이름이다. 진통, 진정, 지혈 등의 효과가 있어 약으로 쓰였다.

을 곱씹은 뒤 추측했다. "처음 한 계절을 보낸 다음에는 양도 데려가라고 했지. 6월의 풀이 사라진 후에는 양이 뜯어먹을 풀밭도 마땅찮았고, 조애나는 그걸 알아서 차마 양들이 고생하는 걸 더 볼 수 없었던 거야. 하지만 닭들은 잘 지냈어. 어느 봄날 오후에 배를 타고 지나가는데 집 앞 양지바른 땅에 닭장을 내놨더라고. 네가 목사님이랑 섬에 들렀던 게 언제였지? 너랑 목사님이 거의 최초로 섬에 가서 조애나를 봤을 텐데."

나는 한 사람에게 그 정도의 자유와 자발적인 은둔을 허락하는 사회란 어떤 곳일까 고민했다. 사랑에 실망한 가여운 조애나 토드의 행동에는 어딘가 중세적인 면이 있었다. 두 여자는 가까이 붙어 앉아서 다른 사람이 듣고 있다는 것도 까맣게 잊고 이야기를 이어갔다.

"가여운 언니!" 토드 부인이 또 탄식했다. 차마 할 수 없는 이야기가 있다는 듯 슬프게 고개를 저었다.

"난 조애나를 두고 천치라고 했지." 포스딕 부인이 강하게 말했다. "하지만 그때 난 조애나가 불쌍했고, 지금은 전보다 훨씬 불쌍해. 다른 목사였다면 조애나를 잘 도와줄 수 있었을 거야. 잠시 자신을 잊고 이타를 배워 다른 사람을 도우며 아픔을 치유하라고 일러줄 수 있는 목사. 하지만 파슨 디믹은 시시한 사람이라. 속은 착한데 감정이 무덤덤해서. 조애나가 그런 힘든 시기에 도망쳐 숨는 일 말고 달리 자기 고통을 달랠 방법을 떠올릴 수 없던 것도 이해가 돼."

"엄마는 어떻게 언니가 보살필 사람 하나 없이 살 수 있었는지 모르겠다고 하더라. 매일 자기 식사만 차리고 자기 처량한 처지만 돌봤잖아." 토드 부인이 슬프게 말했다.

"닭이 있었으니까." 포스딕 부인이 친절한 목소리로 같은 말을 반복했다. "금방 닭을 사람처럼 대하게 됐을 거야. 아니, 나는 도저히 조애나를 욕하지는 못하겠더라고. 어떤 사람들은 욕했지만. 조애나는 감정이 풍부한 사람이었고, 상처가 너무 아파서 견딜 수 없던 거야. 어렸을 때는 몰랐는데 이제는 이해하겠어."

"옛날에는 그런 사람들을 위한 묵언 수행 수녀원이 있었던 것 같은데." 토드 부인이 말했는데, 한때 친구와 조애나에 관한 의견이 엇갈렸으나 이제는 행복한 조화에 이른 분위기였다. 새삼스럽게 마음을 연 듯 거침없는 목소리로 말했다. "아, 맞아. 디믹 목사님이 같이 가자고 했을 때는 그저 좋았지. 언니가 가족과 친구를 두고 떠났을 때 목사님은 우리 마을에 부임한 지 얼마 안 됐어. 언니가 떠난 다음 해 여름날이었을 거야. 나는 이른 봄에 결혼식을 올렸고. 목사님이 섬에 가서 언니를 만나봐야 한다는 의무감을 느끼고 있던데. 언니도 교회의 일원이고, 자신의 영적 상태에 관해 상담을 원할지도 모른다고 생각하신 거야. 나는 확신이 서지 않았지만, 항상 언니를 좋아한 데다가 결혼으로 친척 사이가 된걸. 네이선이랑 언제 한번 가서 보고 오자고 이야기했었는데, 그이는 예상보다 빨리 배를 타고 떠나버렸지. 그이는 항상 언니를 깊이 아꼈어. 마지막으로 항해에 떠났다가 돌아왔을 때는 언니가 섬에 틀어박힌 줄도 모르고 지중해 어느 항구에서 어여쁜 산호 머리핀을 선물로 사 왔지. 그래서 난 머리핀이 든 작은 상자를 예쁜 종이로 포장해서 주머니에 넣고 금방 만든 레몬밤도 잔뜩 챙긴 다음 목사님과 둘이 길을 떠났지."

포스딕 부인이 웃었다. "가는 길에 힘들었다는 이야기를 들었던 기억이 나는걸."

"아이고, 그럼." 토드 부인이 자세를 가다듬고 이야기를 이어갔다. "레몬 밤을 챙겨서 길을 떠났거든. 맙소사, 정말이야, 수전. 그날 목사님이 내 목숨줄을 끊어놓으려고 작정한 게지. 가만히 내버려두라는 데도 아딧줄을 단단하게 조이려는 거야. 그러고는 밧줄이 거칠어서 손을 다쳤다나. 시원한 산들바람이 불었고, 목사님이 꽤 거창한 이야기를 해서 나는 관심 있게 들었지. 그런데 갑자기 돌풍이 불었거든. 목사님이 꽥 소리를 지르더니 벌떡 일어서서는 저 멀리 바다에 대고 도와달라며 난리를 피우는 거야. 내가 아딧줄을 붙잡아 풀어내려가는 길에 목사님을 밀쳐서 바닥에 넘어뜨리고 말았어. 덩치가 작은 사람은 아니었는데. 돌풍이 지나간 다음에 일어나시라고 부축해드리고는 죄송하다고 톡톡히 사과했는데, 보아하니 기분 상하신 것 같더라."

"평생 내륙에 산 목사는 배 탈 일 많은 교구에 배정하면 안

된다고 생각해." 포스딕 부인이 주장했다. "만 곳곳에 퍼져 사는 우리 교구 가족들을 생각해봐. 디믹 목사 시절에는 날 좋은 일요일 오전이면 바다부터 뭍까지 너무 붐볐잖아! 다들 이제나저제나 목사님 얼굴 한번 보겠다고 배 타고 교회에 갔지. 의사라면 배에 타서 바닷바람 좀 맞았다고 꽥 소리 지르는 이가 있겠냐고."

"그 옛날 베넷 의사 선생님 배가 참 근사했는데. 그렇지?" 토드 부인이 대꾸했다. "배 조종을 얼마나 잘했는지 몰라. 엄마가 그러셨어. 아픈 사람이 있어서 의사 선생님이 그 배를 타고 오면 흰색 높은 돛이 마치 고통스러운 사람들을 구하러 바다를 건너오는 천사의 날개처럼 보였다고. 글쎄, 각자 다른 재능을 타고나는 거겠지. 디믹 목사도 자기만의 빛이 없지는 않았으니까."

"기껏해야 달빛처럼 희미했지, 뭐." 포스딕 부인이 받아쳤다. "잘난 척은 잔뜩 했지만, 디믹 목사가 했던 말은 한마디도 기억나지 않더라고. 자, 계속 이야기해봐. 네가 가여운 조애나를 보러 간 날 무슨 일이 있었는지 다 잊어버렸어."

"우리가 오는 모습을 본 것 같더라고. 멀리서도 누군지 아는 것 같았어. 그래, 직감으로 느꼈지." 우리의 친구가 뜨개질감을 내려놓고 말했다. "난 제자리에서 입을 꾹 다물고 앉아 섬을 향해 배를 몰았지. 목사님은 분명 몰랐을 좁고 짧은 물길이 있었는데, 물이 많이 빠져 있었어. 언니가 다가와서 그냥 가라고 이를 수도 있었는데 그러지 않더라고. 난 파도에 맞서 배를 대고 디믹 목사님이 내릴 수 있도록 도와주면서 잘 도착한 것이 좋은 징조라고 생각했지. 언니네 집은 굴뚝에서 연기도 조금씩 나오고 야생 나팔꽃 덩굴이 벽을 타고 오르는 모습이 꽤 아늑하고 좋더라. 그리고 앞쪽 창문 밑에 꽃밭이 있어서 채송화 같은 꽃들도 피어 있었지. 아버지랑 같이 섬에 다니던 시절에 정원을 조성해서 무언가가 뿌리를 내렸었나봐. 언니는 섬 반대쪽에 있는지 집을 비운 것 같던데. 집 주변이 전부 깔끔하고 예쁜 데다가 7월이라 화창했어. 우리 둘은 아주 진중한 얼굴로 바닷가에서 걸어가기 시작했고, 난 치마 주머니에 손을 넣어 가여운 네이선의 작은 머리핀이 잘 있는지 확인했지. 그런데 갑자기 언니가 대문 앞으로 튀어나와서 아무 말 없이 가만히 서 있지 뭐야."

옆에 앉은 친구들과 깊은 대화에 빠진 나머지 대문이 열리는 소리도 듣지 못했는데, 바로 그때 빗소리를 뚫고 크게 노크 소리가 들렸다. 난롯가에 앉아 있던 우리는 전부 깜짝 놀랐고, 토드 부인이 잽싸게 일어나 방문자를 맞으러 떠난 자리에서 흔들의자가 격렬하게 흔들렸다. 아픈 아이에 관해 이야기하는 불안한 목소리와 소식을 전하는 이를 안으로 들이는 토드 부인의 어머니 같은 부드러운 목소리가 포스딕 부인과 내게 들렸다. 우리는 묵묵히 기다렸다. 차양에서 떨어지는 무거운 빗방울 소리, 저 멀리 바다의 울부짖음과 저변의 물결 소리가 들렸다. 나는 다시 외곽의 섬에 있는 외로운 여자를 떠올렸다. 그가 사람들에게서 떨어져 느낀 고립감이 얼마나 컸을까! 이런 여름 태풍만 불어도 얼마나 두렵고 슬펐을까!

"삼십 분 후에도 나아지지 않으면 바로 의사를 불러요." 토드 부인은 걱정하는 고객과 헤어지며 말했다. 나는 심지어 이렇게 작은 동네에도 확실한 도움의 손길이 존재하는 것에 따뜻한 안락감을 느꼈지만, 가여운 은둔자 조애나에게는 겨울밤에도 이웃 하나 없었을 터였다.

"어떤 모습이던?" 포스딕 부인이 단도직입적으로 물었다. 작은 방으로 돌아온 우람한 집주인은 비 내리는 문간에 오랫동안 서 있었던 탓에 주변으로 수증기를 내뿜었고, 그의 등장과 함께 급작스럽게 바깥바람이 밀려들며 프랭클린 스토브 주변으로 연기와 불길이 일었다. "가여운 조애나는 어떤 모습이었어?"

"전이랑 똑같았어. 다만 더 작아 보였던 것 같기도 하고." 토드 부인이 잠시 고민하더니 답했다. 어쩌면 환자에 대한 염려를 떨치지 못했는지도 몰랐다. "맞아, 전과 똑같았어. 아주 좋아 보이던데, 언니 말이야. 내가 결혼식을 올린 건 언니가 집을 떠난 후였는데도 나를 가족처럼 대하던걸. 나는 언니 얼굴이 이상하게 바뀌었을 거라고 생각했거든. 하룻밤 사이에 머리카락이 하얗게 셌다든지 했을 줄 알았지. 그런데 떠나기 전부터 종종 입던 예쁜 깅엄 원피스를 입고 있었어. 분명 오후에 입으려고 잘 관리해두었을 테지. 항상 몸가짐이 어여쁘고 조용한 아가씨였어. 우리가 가까이 갈 때까지 기다리던 모습이 생각나네. 그러고는 내게 정말 다정하게 입 맞추고 네이선의 안부를 묻더니 목사님과 악수한 뒤 우리 둘을 안으로 들였지. 언니 아버지가 독신 시절에 지었던 바로 그 아담한 집이었어. 거실 옆에 있는 작은 침실에 잠자리를 두었는데, 선실처럼 깔끔하던걸. 낡은 의자도 있고, 아버지가 열심히 낚시하던 시절에 배에 필요한 도구를 넣어두던 긴 상자로 앉을 자리도 만들어 두었고, 그럭저럭 쓸 만한 난로도 있어서 요리도 하고 추운 날에도 따뜻하게 지낼 수 있어 보였어. 언젠가 어려서 친정에 살 때 언니랑 그 집에 가서 일주일 가까이 보낸 적이 있었는데, 그 행복했던 시절이 눈앞에 떠오르더라고. 언니 아버지는 온종일 고기를 잡고 조개 캐느라 바쁘셨지. 그렇게 유쾌한 남자가 없었어. 다만 언니네 어머니는 우울한 구석이 있어서 행복이란 게 뭔지 모르셨거든. 그날 언니 얼굴에 시선이 닿자마자 어머니랑 비슷해졌다는 게 눈에 보이더라고. 어머니를 똑 닮았던데."

"아이고, 저런!" 포스딕 부인이 말했다.

"언니가 참 예쁘게 꾸며놓은 게 하나 있었어. 섬에 작은 습지가 있어서 골풀이 많이 자랐는데, 그걸 모아 깔개로 짜서 바닥에 두기도 하고 도톰한 쿠션을 만들어서 기다란 의자에 놓기도 했더라고. 이것저것 직접 만든 걸 많이 보여주었지. 바닷가에는 주워서 쓸 수 있는 나무나 판자가 많았는데, 주운 걸 잘 활용했더라. 시계는 없었지만 선반에 접시가 몇 벌 있고, 조가비에 꽃을 담아서 벽을 장식해두었어. 그래서 아주 외롭고 궁금해도 아늑한 가정처럼 보이기는 한 거야. 눈물을 참을 수가 없더라고. 너무 슬펐어. 혼자 생각했지. 엄마를 데리고 언니를 보러 와야겠다. 엄마의 마음속 애정이 언니를 따뜻하게 품어줄 테고, 그러면 다른 사람의 말을 들을지도 몰라."

"아, 그럴 리가. 조애나는 끔찍이도 고집스럽잖아." 포스딕 부인이 말했다.

"다 같이 아주 점잖게 자리를 잡았는데, 언니는 내가 와서 반갑다는 듯이 줄곧 내 쪽을 흘깃거리더라고. 말은 거의 없었어. 아주 점잖고 상냥했지만 무서웠지. 목사님이 어려워하던데." 토드 부인이 고백했다. "당황하더라고. 마침내 목사의 권위를 되찾고는 언니한테 지금 같은 상황에서도 종교에서 즐거움을 찾을 마음이 있는지 물었는데, 언니가 죄송하지만 대답할 수 없다지 뭐야. 도망가고 싶더라니까. 그보다 듣기 좋은 대답을 해줄 수도 있었잖아. 어쨌든 목사님은 목사님이고 부러 수고롭게 여기까지 온 거니까. 물론 질문에 어딘가 차갑고 무감한 구석이 있기는 했어. 주변의 선반에 작고 낡은 성경이 있었는데, 목사님이 그걸 봤을까 싶었거든. 언니를 추궁하는 대신 성경을 집어 들고 아버지처럼 다정한 구절을 읽어주는 기지를 발휘했다면 얼마나 좋았을까 싶었지. 언니를 축복해주고 평안해지기를 기도해주었다라면. 기도를 해주기는 했지만, 고난 속에서 하나님의 목소리를 듣는다느니 하는 내용이었어. 고난이나 하나님의 목소리에 관해서라면 셸히프 아일랜드에서 홀로 길고 시린 겨울을 보내는 외톨이가 목사님보다 잘 알 거라는 생각이 들더라고. 울화가 치밀어서, 눈을 뜨고 나서는 목사님 눈을 똑바로 쳐다봤다니까."

"언니는 개의치 않았어. 존중을 담아 상냥하게 목사님을 대했지. 할 말이 동나자 인디언 유적에 관심이 있는지 묻더니 선반에서 기이한 석제 끌과 망치를 꺼내서 보여주더라. 꼭 어린애 대하듯이 말이야. 목사님이 조개무지를 보고 싶다고 말했지. 언니는 바로 문간으로 가서는 조개무지로 가는 길을 가리켰어. 그때 보니까 부드러운 골풀로 샌들 같은 것을 만들어서 신고 있더라. 그걸 신발 삼아 신고 가뿐하고 근사하게 걸어가던걸."

포스딕 부인이 흔들의자 뒤로 등을 기대고는 깊은 한숨을 내쉬었다.

"나, 처음에는 꼼짝도 안 했어. 오랫동안 있는 힘껏 참았지." 토드 부인의 목소리가 조금 떨렸다. "언니가 문간에서 자리로 돌아왔고, 아둔한 남정네가 야생 장미 덤불 사이로 나아가는 뒷모습이 보이더군. 난 곧장 달려가서 언니를 끌어안았어. 그때 난 지금만큼 덩치가 크지 않았고 언니는 나보다 나이가 많았지만 아이를 끌어안듯 언니를 꼭 안았지. 내가 말했어. '아, 소중한 언니. 겨울이 되면 육지로 와서 나랑 같이 살면 안 될까? 아니면 그린 아일랜드에 있는 엄마 집에서 살든가? 귀찮게 할 사람 아무도 없어. 엄마도 쓸쓸하시대. 여기 언니 혼자 두고 내가 어떻게 살아.' 그리고 난 울음을 터뜨렸지. 나도 어렸지만 힘든 일을 많이 겪어서 알 건 다 알았어. 조애나도 그걸 잘 알았고. 아, 같이 가자고 얼마나 애걸복걸했는지. 정말이야, 애걸복걸했어."

"그랬더니 어떻게 반응했어?" 마음이 깊이 동한 포스딕 부인이 물었다.

"꼼짝도 안 하던걸. 줄곧 외따로 떨어져 슬픔 속에 머물렀지." 토드 부인이 애석해했다. "언니가 내 손을 잡았고, 우리는 꼭 붙어 앉았어. 언니가 태도를 바꿔 날 아이 다루듯 타이르던데. '이제 나는 어울려 살 권리가 없어.' 언니가 말했지. '앞으로는 그런 부탁 하면 안 돼, 앨미리. 난 내가 살 수 있는 유일한 삶을 살고 있고, 이미 결심을 굳혔거든. 네 다정함이 큰 위로가 돼. 하지만 난 다정함을 누릴 자격이 없단다. 난 용서받지 못할 죄를 저질렀어. 넌 이해 못 하겠지만.' 언니가 숙연하게 말했어. '큰 분노와 고민에 사로잡혀 하나님을 향해 너무나도 사악한 생각을 품었으니 결코 용서를 구할 수 없어. 인내가 무엇인지 깨닫게 되었지만, 희망은 다 잃었지. 내 안부를 묻는 사람들한테 꼭 이렇게 전해줘야 해.' 언니가 말했어. '내가 혼자 있기를 바란다는 것도 알려줘.' 아무 말도 안 나오던데. 전혀, 할 말이 아무것도 없었어. 언니는 세속을 완전히 초월한 듯했지. 그때 난 지금보다 훨씬 어렸는데. 주머니에 있던 네이선의 작은 산호 머리핀을 꺼내서 손에 쥐어줬더니 그걸 가만히 보고 있기에 어디서 났는지 알려줬거든. 잠시나마 얼굴이 밝아져서 해사하고 즐거워 보이더라. '네이선과 나는 항상 사이가 좋았어. 그 애가 날 나쁘게 생각하지 않는다니 다행이야.' 언니가 말했어. '네가 가졌으면 좋겠어, 앨미리. 우리 두 사람의 사랑을 위해 네 머리에 꽂아.' 언니가 머리핀을 다시 나한테 줬지. '네이선에게 내 사랑을 전해줘. 정말 선하고 소중한 사람이야.' 언니가 말했어. '그리고 네 어머니께 전해드려. 내가 병에 걸리면 나아지기를 바라셔서는 안 된다고. 그렇지만 혹여 날 문병할 사람이 있다면 그분이기를 바란다고.' 그러고는 하고 싶은 말은 다 한 듯, 더는 세상에 미련 따위 없는 듯한 얼굴이었지. 우리 둘은 붙어 앉은 채로 잠시 머물렀어. 새가 참 많이 지저귀고 바닷가에서 파도 부서지는 소리도 들렸지만, 정말 가만하고 감미롭던걸. 하지만 결국 언니는 자리에서 일어섰고, 나도 일어섰어. 내게 입맞추더니 잠시 손을 붙든 모습이 꼭 작별 인사를 하려는 것 같더라. 그러고는 돌아서서 곧장 문밖으로 나가 사라졌지."

"머지않아 목사님이 돌아왔고, 난 떠날 준비가 되었다고 이른 뒤 함께 배 쪽으로 갔어. 목사님은 동그란 돌멩이 같은 걸 주워서 손수건에 싸 들고 있던데. 아무 질문도 없이 배 중앙에 앉아서 내가 노를 잡고 배를 조종하게 가만두고는 한동안 아무 말도 하지 않았어. 그러다 분위기가 풀어지며 날씨 이야기가 시작되었고, 우리 교구 소속인 가족이 두엇 사는 블랙 아일랜드를 지날 즈음에는 다른 주제들로 넘어갔어. 다음 안식일에 목사님이 설교를 하는데, 평소랑 똑같더군. 창조에 관한 고매한 이야기. 딱 거기까지구나, 생각할 수밖에 없었지. 말 하나는 반드르르하게 잘해도 영혼을 달래는 법은 몰라.”

포스딕 부인이 또 한숨을 쉬었다. “네 이야기를 듣고 있으니 그 시절이 어제처럼 생생하구나.” 부인이 말했다. “맞아, 조애나는 대죄 운운하는 속 여린 부류였어. 요즘에는 용서받지 못할 죄 같은 이야기는 잘 안 들리지만, 그때는 드물지도 않았던 것 같아.”

“그때가 지금 같았다면 언니 같은 사람은 할 일 없는 인간들한테 죽도록 시달렸을걸.” 토드 부인이 한참 아무 말 없다가 이야기를 이어갔다. “그때는 지금과 달랐으니 아무도 쳐들어가지 않았지. 만 주변 사람들은 전부 언니와 언니의 감정을 존중했거든. 하지만 시간이 흘러 네가 이곳을 떠난 후에는 다들 그쪽으로 갈 일이 있을 때마다 기회 삼아 언니 주려고 선물을 두고 오기 시작했어. 엄마도 때때로 얼굴 보러 갔고, 갓 수확한 질 좋은 채소가 있으면 이따금 윌리엄을 시켜서 가져다주셨고. 바닷가 가까이에 으슥한 곳이 있어서 배를 대기도 좋고 무엇이든 물이 안 닿는 자리에 안전하게 둘 수 있었지. 나이 든 양반 한두 사람과는 얼굴 보고 지냈어. 이따금 지나가는 배를 향해 소리쳐서 무언가 부탁하기도 했고. 또, 엄마가 언니한테 약속을 받아냈거든. 도움이 필요하면 블랙 아일랜드 사람들한테 의사표시를 하기로. 난 그날 만난 이후로 단 한 번도 직접 얼굴을 보지는 못했어."

"요즘 시대에 그런 일을 당했다면 서부에 있는 친척 아저씨 댁이나 북쪽 매사추세츠주에 가서 바람 좀 쐬고 새사람이 되어 돌아올 수 있었겠지. 요즘 세상은 전보다 크고 자유롭잖아." 포스딕 부인이 동의를 구했다.

"아냐." 친구가 말했다. "그런 사람의 사고방식은 눈이 나빠진 거랑 똑같아. 다만 안 보이는 눈을 고쳐줄 치료제는 있어도 사고방식을 고쳐줄 정신의 안경 같은 건 없는걸. 틀렸어. 언니는 원래 그런 사람이었어. 섬에 자리 잡고 살며 가엽게 속죄했지. 죽는 날에 어머니한테 말하기를, 항상 죽고 나면 뭍에 묻히기를 바랐대. 그런데 다시 생각해보니 그냥 섬에 묻히는 게 좋겠다는 거야. 그래도 괜찮겠다면. 그래서 어느 9월 오후 섬에서 장례식을 치렀지. 화창한 날이었고, 반경 30킬로미터 내에 있는 배는 전부 조문객을 가득 싣고 셸히프 아일랜드로 향했어. 언니가 줄곧 뭍에 남아 친구들과 관계를 유지했던 것처럼 다들 지극히 공손했고. 물론 단순한 호기심에서 들른 사람도 있었겠지. 어느 장례식에 가든 그런 사람은 있으니까. 하지만 대부분은 진실한 마음으로 참석했고, 그 진심을 애써 표현했어. 언니가 오랫동안 섬의 참새들과 어울려 살아온 탓에 새들이 완전히 길든 상태였는데, 디믹 목사님이 이야기하는 와중에 한 마리가 날아와 관에 앉아서 지저귀기 시작한 거야. 목사님은 당황해서는 이야기를 그만둬야 할지 계속 해야 할지 어쩔 줄을 몰라 했어. 못된 생각일 수도 있겠지만, 그 둘 중에서 가여운 작은 새가 낫다고 생각한 사람이 나뿐은 아닐걸."

"조애나를 그렇게 만든 남자는 어떻게 됐으려나. 들은 이야기 있어?" 포스딕 부인이 물었다. "한동안 매사추세츠주에 살았다는 건 알지. 같은 동네에 살던 사람 하나가 그러더라. 무역 일을 해서 잘 먹고 잘산다고. 그것도 오래전 얘기지만."

"그것 말고 다른 이야기는 못 들었는데. 전쟁 초기에 참전했다던가. 아니, 그 이상은 들은 바가 없네." 토드 부인이 대답했다. "언니가 워낙 특이한 사람이었으니 다른 여자랑 결혼한 건 좋은 판단이었을지도 몰라. 다만 솔직하고 남자답게 행동했어야지. 교활한 남자였어. 다른 사람을 살살 꼬드겨서 원하는 걸 갈취하는. 원하는 게 있을 때만 주고, 쉽게 친구를 사귄 다음 아무렇지도 않게 버렸으니. 그 남자와 결혼했다면 언니는 바른 가치관에 맞게 버릇을 고쳐놓으려고 고생깨나 했겠지만, 다채로운 생활에 우울할 틈은 없었을 거야. 세상에는 언니처럼 살 수밖에 없는 사람들이 있어. 가여운 운명을 타고난 거지."

제15장 셸히프 아일랜드에서

　포스딕 부인이 떠나고 시간이 흘러 과거의 가만한 생활이 회복되었을 때, 보든 선장과 둘이 그의 거대한 배를 타고 바다로 나갈 기회가 생겼다. 우리는 북동쪽 바다로 이어지는 구불구불하고 좁은 물길을 통과하는 중이었고, 이른 오후인데도 벌써 바닷가에서 멀찍이 떨어져 있었다. 머지않아 주변에 낯선 섬들이 보이기 시작했는데 문득 가여운 조애나의 이야기가 떠올랐다. 은둔 생활에는 상상력을 자극하는 흥미로운 구석이 있다. 은둔자란 슬픈 부류지만 절대 진부하지는 않은 것이다. 실로 토드 부인은 조애나가 사막의 성인 같았다고 했다. 슬픈 고독감은 은둔자들의 서글픈 계보를 따라 영원히 이어질 터였다.

　"셸히프 아일랜드는 어디 있나요?" 호기심이 생긴 내가 물었다.

"여기서 보일 텐데요. 저 멀리 블랙 아일랜드 뒤쪽에 있지요." 선장이 대답했다. 노를 양 무릎 사이에 끼고 일어서서는 팔을 뻗어 셸히프 쪽을 가리켰다.

"한번 가보고 싶어요." 내가 말했다. 그러자 선장이 아무 말없이 경로를 조금 더 동쪽으로 바꾸고는 돛을 넓게 펼쳤다.

"글쎄요, 선생님이 내리시기 편하게 배를 댈 수 있으려나." 선장이 망설이는 목소리로 말했다. "발이 젖으실지도 몰라요. 배를 대기 힘든 곳이라. 작은 배를 매달고 왔으면 좋았을걸. 하지만 작은 배는 물에 착 붙는 데다가 바다에 나갈 때는 가뿐한 쪽이 좋아서. 이 커다란 배는 무엇이든 매달기만 하면 축 처지거든요. 예배당 쪽 절벽에는 파도가 심하지 않으니 그쪽에 대야겠네요."

"조애나 토드 양이 죽고 얼마나 됐나요?" 내가 물었다. 방문의 의도를 밝히려는 질문이었다.

"9월이면 스물두 해 되지요." 선장이 고민하더니 대답했다. "제 장남이 태어나고 항구 너머 연립주택에 불이 난 해에 돌아갔으니까. 아시는지 몰랐네요. 인디언 유적에 가시려는가 싶었는데. 조애나가 살던 곳을 보고 싶으신 거군요. 네, 예배당 쪽에 파도가 없으니 어찌어찌 얕은 곳에 배를 댈 수 있겠어요. 둘러 가기에는 너무 먼 데다가 밀물이 점점 차오르고 있거든요." 선장이 희망적인 결론을 내리고는 줄곧 아무 말없이 주의를 집중해 험난한 뱃길을 살피며 나아갔고, 마침내 밝은 오후의 햇살 아래 하얗게 빛나는 낮은 곳과 작은 섬의 풍경이 완연히 우리 앞에 모습을 드러냈다.

때는 8월이라 섬 풍경의 빛깔이 6월의 싱그러운 초록에서 햇살에 그을린 듯 바위를 닮은 갈색으로 변하는 모습을 봤는데, 가문비나무와 발삼전나무만이 겨울 폭풍 속에서도 흐려지기는커녕 더욱 짙어질 진한 초록빛을 유지하고 있었다. 셸히프 아일랜드의 몇 안 되는 나무는 바람에 굽은 데다가 대부분 잿빛으로 말라 있었으나 키 작은 덤불이 있었고, 바닷가 바로 위에 길쭉한 꽃밭을 이룬 연둣빛 식물은 야생 나팔꽃임을 알아볼 수 있었다. 섬에 다가가자 높게 두른 돌담 안으로 아담한 정사각형 풀밭이 보였는데 실컷 뜯어 먹을 양은 없었다. 그 밑에는 항구 같은 작은 만이 있어 보든 선장이 커다란 배를 대어놓을 장소를 물색하며 조종하는 중이었다. 수심 깊고 폭 좁은 물길이 휘어진 끝에 바닷가와 맞닿은 모양새였다.

"거기, 얼른 앞쪽으로 가서 배가 파도에 실려 솟아오를 때를 노려요. 똑 부러진 사람이라면 잘 내릴 테지요. 지금 바로 좌현으로!" 선장이 신이 나서 소리쳤다. 그리고 나는 근사한 상륙을 향한 야심을 품고 만반의 준비를 갖춘 채 서 있다가 기회를 잡아 풀이 폭신한 자리로 뛰어내렸다.

"그렇게 애를 썼는데 바닥이 긁혔어!" 선장이 지쳐서 우는 소리를 했다.

그러나 내가 앞쪽의 장대를 붙잡고 선장이 갈고리 막대를 이용해 배를 밀자 바람이 일부러 그러는 듯 조금 휘어지더니 항해를 도와주었다. 그래서 배는 다시 자유를 얻어 물가에서 바다로 나아갔다.

"전에는 이곳을 조애나 전용 부두라고 불렀는데, 그간 풍랑에 많이 낡았지요. 한두 번쯤 부딪혀도 괜찮겠지 싶었답니다. 어차피 배에 페인트를 다시 칠할 때라서. 그런데 잘 닿아주었네요. 아까는 바닥이 긁힌 줄 알았는데." 선장이 사과했다. "너무 몸집이 큰 배라 이런 곳에서는 다루기 힘들어요. 그렇지만 옛날에 조애나가 살아 있을 때는 이 배를 대고 바닷가에 작은 선물을 던져주곤 했지요. 가진 게 있으면 사과라든가 배 두어 개쯤. 풀밭처럼 잘 보일 만한 곳에 던졌어요."

보든 선장이 다시 깊은 바다 쪽으로 능숙하게 길을 찾아가는 모습을 나는 가만히 서서 지켜보았다. "서두르지 않으셔도 됩니다." 그가 소리쳤다. "근처에 있을 테니 부르세요. 조애나 무덤은 바로 저 멀리 들판 한구석에 있어요. 그쪽으로 이어지는 길이 있었는데. 우린 잘 아는 사이였습니다. 여기서 장례식이 열렸을 때 저도 왔었지요."

나는 무덤으로 이어지는 길을 찾았다. 이 외로운 장소에 순례자가 없지 않다는 사실이 감동적이었다. 세대가 거듭될수록 조애나에 관한 기억은 점점 줄어들겠으나 이 세상에 존재했던 고독을 기리는 성지로 가는 길은 남아 있을 터였다. 세상이 애쓴다 해도 잊히지 않을 것이다. 호기심과 희미한 예감이 인 젊은이들의 발걸음이 이곳을 찾아내고, 나이 든 자들은 추억 가득한 마음을 품고 오리라. 이 확고한 은둔자는 슬픔이 지나친 나머지 차마 타인을 바라볼 수 없어 혼자 되었으며 소심했던 탓에 자신이 아는 단순한 세상조차 직면하지 못했지만, 넉넉한 용기가 있었기에 자신의 가엾고 고집스러운 성정으로 또 바다와 하늘의 고요와 열정으로 외따로이 살 수 있었다.

새들이 들판 여기저기 날아다니고 있었다. 내가 걸음을 내디딜 때마다 퍼덕거리며 발치의 풀 속에서 날아올랐는데, 어찌나 유순한지 여름이 거듭되는 동안 안전한 둥지와 인간과의 우정이라는 행복한 전통을 지켜온 새일 거라는 생각이 들었다. 가여운 조애나의 집은 다 허물어지고 주춧돌만 남아 있었으며, 꽃밭 역시 흔적이 거의 남지 않았으나 프랑스 패랭이꽃 한 줄기가 희미해진 채로 버텨 커다란 꿀벌과 노란 나비에게 우정의 보금자리가 되어주고 있었다. 나는 샘물을 마셨고, 뭍에 두고 온 단순하고 부산하고 바지런한 시골, 8월의 연무 속에서 여러 날 동안 조애나의 눈앞에도 꿈처럼 희미한 풍경으로 어른거렸을 시골에서 누군가가 나를 찾아올 것만 같았다. 그곳에 속세가 있었고, 이곳에 능히 시작된 영원을 사는 조애나가 있었다. 우리 모두의 생에는 외따로이 고립된 장소가 있다고, 끝없는 후회와 비밀스러운 행복에 바쳐진 장소가 있다고, 우리 모두가 한 시간이나 하루쯤은 동행 없는 은둔자이며 외톨이라고 나는 스스로에게 이야기했다. 그들이 역사의 어느 시대에 속했든 우리는 이 똑같은 감옥의 수감자들을 이해하고 만다고도.

산들산들 바닷바람이 부는 셸히프 아일랜드에 홀로 서 있는데, 문득 저 멀리서 시끌벅적한 소리가 들렸다. 바다 쪽으로 향하는 유람선을 가득 채운 젊은 남녀의 쾌활한 말소리와 웃음소리였다. 그때 나는 깨달았다. 그가 직접 말해준 것이나 다름없었다. 가여운 조애나는 수많은 여름 오후에 그렇게 왁자지껄한 가운데서 분명 기운찬 행복을 반겼으리라. 절망과 혹독한 겨울, 속세의 그 모든 슬픔과 실망에도 불구하고.

제16장 대모험

　토드 부인은 바다로든 육지로든 굉장한 계획이나 모험을 세웠어도 전날 밤에 미리 일러주는 경우가 결코 없었다. 일단 자연이라는 원초적 동력의 천성을 이해하기에 다음 날 날씨가 좋으리라는 징조 따위 믿지 않고 직접 새벽부터 그날 하루의 추이를 점치는 사람이었다. 별의 모양새가 상서롭다면, 바다의 성정이 굳건해 좀처럼 변덕을 부리지 않는 지역에서 바람이 불어 들거나 후덥지근한 남서쪽 공기가 염려스럽지 않다면, 미처 잠이 깨지도 않은 내 귀로 벽 안의 쥐처럼 부스럭거리고 콩콩거리는 소리와 토드 부인의 주요 창고로 이어지는 가파른 다락방 계단을 딛는 조급한 발소리가 들려왔다. 부인은 마음이 급해 더는 참지 못하고 모험을 떠났다가 잊은 것이 있어 자꾸만 돌아오기를 반복하듯 이리저리 오갔다. 내가 나타나 아침 식사를 부탁하면 부인은 멍한 얼굴로 말을 아끼는 것이, 마치 못된 짓을 당했는데 그저 자기 성정의 원칙을 지키겠다는 일념으로 갈등과 말싸움을 참는다는 듯한 태도였다.

시간이 흐르며 나는 이렇듯 색다른 하루를 예고하는 징후에 익숙해졌는데, 어느 8월 아침에 내가 서두도 없이 베그스 씨의 가장 멋진 마차가 지나가는 것을 봤으니 식료품을 사러 가야 한다고 말했을 때 토드 부인은 그날의 운명에 관한 명확한 단서조차 파악하지 못한 채였다.

"저런! 깜빡하고 말았네!" 부인이 소리쳤다. "오늘이 8월 15일이니 베그스 씨가 돈 받으러 다녀오는 날이잖아. 베그스 씨는 외가 친척 아저씨한테서 유산을 받거든. 내가 알기로는 그 아저씨가 샘 베그스 댁 아내와 친정 식구들은 그 돈을 쓸 수 없다고 해서, 샘이 떠나면 그 돈은 지난여름처럼 과거의 유산이 될 예정이야. 지금 샘은 그 돈으로 잘살고 있지. 그걸 잘사는 거라고 할 수 있다면. 그래, 내가 깜빡하고 말았어. 오늘이 베그스 씨가 외출하는 8월 15일이구나. 보통 오는 길에 죽은 친척의 아내를 보러 가서 저녁을 먹고 오던데. 2월과 8월이 유산 받는 날이지. 다녀오는 데만 하루가 걸려."

나는 주의 깊게 토드 부인의 설명을 들었다. 부인의 목소리는 마지막에 불평의 기색을 띠었다.

"마차를 빌려 쓰는 것도 좋지만 먹을거리 생기는 것도 좋잖아요." 나는 서둘러 대꾸하고 다른 짐마차를 언급했다. 기둥 달린 침대에 바퀴를 달아놓은 듯 덮개 씌운 천장이 높고 몸체가 긴 것으로, 우리가 이따금 이용하는 짐마차였다. "식물 뿌리든 꽃이든 라즈베리든 언니가 구하는 게 뭐든 베그스 씨의 마차보다는 그 짐마차에 훨씬 더 많이 실을 수 있어요."

토드 부인은 내키지 않는 듯 멍한 얼굴로 말했다. "베그스 씨 마차를 탈 생각이었는데." 부인이 내게 등을 돌린 채 말했다. 찬장 선반에 조용히 놓여 있던 컵들이 버릇없게 굴기라도 한 듯 마구잡이로 컵을 밀어 넣고 있었다. "응, 이번에는 그 마차를 타고 싶었어. 올해는 열매를 따러 갈 일도, 시든 풀을 뜯어 올 일도 없을 거야. 여름도 다 끝났잖아. 얼마 전엔 변변찮은 것이나마 몇 가지 얻기는 했지만." 부인이 조금 누그러진 목소리로 덧붙였다. "오늘은 산속으로 갈 거야. 이제 열매 따러 안 가. 끝이야. 지난 두 주 동안 곰곰이 생각했는데 나중을 기약하기로 했어."

"나도 같이 가면 어떨까요?" 나는 허물없이 물었으나, 내가 토드 부인이 세운 새로운 계획의 목적을 잘못 짚었을지 모른다는 겸허한 두려움이 없지 않았다.

"아, 그럼 좋지, 동생!" 나의 친구가 애정을 담아 말했다. "그럼, 동생이 괜찮다면야 다른 사람 데려갈 생각일랑 요만큼도 없어. 가여운 엄마가 오시겠다고 나서지 않는 한. 원래 난 마차보다는 배를 훨씬 잘 다루니까. 어린 시절의 영향이지. 그 커다랗고 천장 높은 마차로 다녀올 수밖에 없겠군. 바퀴를 만져줘야 하는 데다가 연결부가 전부 헐거워서 저쪽 지붕마루 흔들리는 소리가 들리지만. 바구니는 앞쪽에 두자. 가는 내내 흔들리고 튀어 오르는 꼴은 안 볼 거야. 맞다, 내가 간식으로 싸 가려고 하트랑 동그라미 모양 스펀지케이크를 만들어놨는데."

아주 즐거우리라는 징조가 여럿이었으므로 나는 매 순간 흥미가 깊어졌다.

"아침 다 먹자마자 베그스 댁에 가서 말을 준비할게요." 내가 말했다. "그러면 언니가 준비를 마치는 대로 떠나면 돼요."

토드 부인의 얼굴이 다시금 어두워졌다. "그런 옷차림으로 가도 괜찮을지 모르겠네." 토드 부인이 망설임을 내비쳤다. "안 돼, 산골에 가는 날 그런 예쁜 파란색 원피스를 입다니. 지금은 흙먼지가 없지만 이따 돌아올 때는 풀풀 날릴 텐데. 안 돼, 그런 원피스랑 모자는 안 입었으면 좋겠어."

"아, 맞네요. 이런 옷차림은 안 되겠어요." 내가 문득 깨달음을 얻은 듯 말했다. "뭐, 산골이라도 언니 친구들을 만날 일이 있다면 파란 원피스를 입어야지요. 언니도 시계를 차셔야 해요. 그 집채만 한 모자를 쓰실 거면 난 그냥 안 갈래요."

"깜찍하게 굴기는." 토드 부인이 방을 가로질러 다가오며 유쾌한 미소를 머금고 우습게 머리를 뒤로 젖혔다. 전날 먹고 남은 야생 라즈베리를 작은 접시에 한껏 담아 가져다주었다. "동생이 아침 먹으러 내려왔을 때 기운이 빠지던데. 두루 다

니며 사람들 만나야 하는 모임인데, 그런 옷을 입지는 않았겠
다 싶어서 안 가는 줄 알았잖아."

"무슨 모임 말이에요?" 내가 놀라서 물었다. "보든가 모임
말하는 거 아니지요? 9월에 열리는 줄 알았는데."

"오늘이야. 주중에 소식 들었어. 동생도 들었을 거라고 생
각했는데. 맞아, 날짜를 바꿨어. 동생한테 알려줄까 고민하긴
했는데, 당일이 되기 전에는 어떻게 될지 통 알 수가 없는 법
이니 전부터 기대하면서 하루를 날릴 필요 없잖아." 토드 부
인은 기대하는 즐거움을 허락하는 사람이 아니었고, 여느 때
처럼 신탁을 전하듯 말했다. "엄마가 여기 있어서 같이 가면
좋았을걸." 토드 부인이 슬픈 이야기를 이어갔다. "어젯밤에
는 정말 엄마가 그립더라고. 밤이 새카매졌는데 엄마가 없으
니 눈물을 참을 수가 있어야지. 이런 성대한 잔치를 정말 좋
아하시거든. 윌리엄이 조금이라도 추진력 있는 녀석이었다면
이럴 때 먼저 나서서 모시고 왔을 텐데. 엄마는 다채로운 생
활을 좋아하시지만 이 동네에는 즐길 기회가 많지 않은 데다
가 부러 내가 있는 뭍으로 나오지 않으면 기회를 날릴 수밖
에 없으니까. 엄마 없이 모임에 가려니까 마음이 정말 안 좋
아. 오늘은 날도 화창하잖아. 다들 엄마는 어디 있냐고 묻겠
지. 옛날에는 곧잘 오셨거든. 그런데 가엽게도 노인네 몸이
예전 같지 않아서."

"아니, 저기 언니 어머니 오셨는데요!" 내가 기뻐서 소리쳤

다. 다정한 노부인을 다시 볼 수 있어서 정말이지 반가웠다. "대문 쪽에서 어머니 목소리가 들려요." 하지만 토드 부인은 이미 나를 앞질러 밖으로 나간 뒤였다.

과연 그곳에는 동이 트기도 전에 그린 아일랜드를 떠났을 블래킷 부인이 있었다. 물가에서 이어지는 가파른 길을 어찌나 열심히 올라왔는지 숨이 차서는 정원 울타리 옆에 서서 쉬는 중이었다. 예스러운 갈색 고리버들 바구니를 손에 쥔 모습이 꼭 매일같이 찾아오는 손님 같았고, 아이처럼 기쁘고 의기양양한 얼굴로 우리를 올려다보았다.

"아, 참 밋밋한 정원이지. 가여워라! 약초 덤불 외에는 꽃 한 송이 없구나!" 부인이 말했다. "그래도 깔끔하게 관리는 하고 있네, 앨미리. 둘 다 잘 지냈니? 나랑 같이 산골에 다녀올 거지?" 블래킷 부인은 우리와 인사하려고 계단을 한두 단쯤 올라왔는데, 집에서 봤던 것과 마찬가지로 유쾌하되 묘하게 깍듯했다. 토드 부인 앞에서 치마를 들고 살짝 절을 해 보였다.

"이것 좀 봐! 엄마, 소녀 같지 뭐야! 정말 보기 좋네! 조금 전까지 엄마 때문에 속상해하고 있었는데." 딸이 평소와 달리 산란한 마음으로 말했다. "조금 전까지 엄마 때문에 속상해하고 있었다니까. 너무 안타까워서. 밤새 불쌍한 윌리엄을 탓하느라 잠도 못 잤어. 어제는 배가 오기를 기다리다가 눈물도 흘리고, 어두워진 후에는 자꾸 할 일을 생각해내서 대문 밖으로 길을 따라 걸어 나갔지. 저기 바람 없는 만에 엄마가 배를 대고 있지는 않을까 싶어서."

"어제는 앞바람이 불었잖니. 너도 알다시피." 블래킷 부인이 내게 바구니를 건넸고, 우리는 애틋하게 손을 잡은 채로 깨끗하게 비질한 오르막길을 따라 문간으로 갔다. "그때 올 생각도 있었는데, 윌리엄이 착하게 타이르더라. 가는 내내 바람을 맞을 텐데 기진맥진해서 감기에 걸릴지도 모른다고. 그래서 포기하고 앉아서 같이 저녁을 보냈단다. 파도가 험하고 바람이 거셌으니 좋은 판단이었지. 일찌감치 잠자리에 들어서 동이 텄을 때 잘 출발했고. 바다 위에서 맞는 아침이 근사하더구나. 윌리엄이 버드 록스를 가로질러 넘어오면 좋겠다고 판단해서 오는 동안 노를 많이도 저었단다. 그리고 그쪽에서 바로 이곳 부두로 왔지. 돛의 방향을 바꿀 필요도 없었어. 윌리엄이 내일 다시 와서 나를 데리고 갈 테니, 돌아와서 밤새 쉬면 돼. 모임에 가서 즐겁게, 기분 좋게 지내다 와야지."

"동생은 아침 식사 중이었어." 토드 부인이 말했다. 어머니의 긴 설명에도 군말 한마디 없이 즐겁게 귀 기울이는 얼굴에 반짝이는 기쁨이 조금씩 차올랐다. "엄마는 여기 꼭 붙어 앉아서 차나 한잔 마셔. 우리는 떠날 채비를 할 테니까. 아, 엄마가 오셔서 너무 좋은걸! 정말이야. 동생이 아침 먹는 동안 둘이 엄마 이야기를 했어. 윌리엄은 어디 있는데?"

"바로 돌아갔지. 고기잡이들이 미끼를 놓고 정오 지나서 찾아온다고 했대. 그래도 내일 다시 와서 우리랑 저녁 먹을 거다. 비가 내리면 그다음 날에 올 거고. 내가 가장 근사한 걸로 옷을 준비해줬어." 블래킷 부인이 조금 불안한 목소리로 설명했다. "바람 덕분에 집에 가는 길이 쭉 순탄할 거다. 그래, 난차 한잔 마시마, 우리 딸. 차 한잔은 언제나 좋지. 그렇게 잠시 쉬면 다시 떠날 준비가 될 거야."

"윌리엄을 두고 그렇게 가혹한 생각을 하다니 내가 참 잘못했다 싶어." 토드 부인이 터놓고 고백했다. 앞에 떡 버티고 선토드 부인이 어찌나 진지한지 우리는 웃음을 터뜨렸고 이렇게 깊이 뉘우치는 범인을 단죄할 마음이 나지 않았다. "내일 맛있는 저녁을 만들어줘야지, 그럴 수 있다면. 윌리엄의 얼굴을 보면 정말 기쁠 거야." 고백은 멋지게 마무리되었고, 블래킷 부인은 흐뭇한 미소를 짓다가 곧장 차가 맛있다고 칭찬에 나섰다. 그리고 나는 식료품 마차를 놓치지 않으려고 서둘러 집을 나섰다. 모임에 어떤 행복이 있든, 나는 블래킷 부인 옆에서 하루를 보내는 즐거움과 기쁨을 누릴 터였다. 토드 부인은 말할 것도 없고.

아직 이른 아침의 산들바람이 부는 중이었고, 따사롭고 화창한 공기는 갓 내린 눈밭을 지나온 듯 서늘하고 청량해 북녘 천공을 떠올리게 했다. 공중에는 발삼전나무 향기가 가득했고, 물이 빠진 작은 항구에 갈색으로 드러난 바위 절벽의 해초 풍미도 어렴풋하게 밀려왔다. 지극히 고요하고 때 이른 시간이라 마을은 아직 반쯤 잠들어 있었다. 사람의 목소리는 하나도 들리지 않았으나 크고 작은 새들의 지저귐이 요란했다. 멈출 줄을 모르고 지저귀는 멧종다리, 멀찌막한 숲속 노랑턱멧새들의 찌르륵찌르륵하는 울음, 신중한 까마귀들이 거리를 두고 나누는 대화. 벌써 뭍에서 한참 멀어진 윌리엄 블래킷의 도망하는 돛이 보였고, 리틀페이지 선장의 집을 지나갈 때는 꽉 닫힌 창 너머에 앉아 절대 오지 않을 누군가를 기다리는 그가 보였다. 말을 걸어보려 했으나 선장의 눈에는 내가 보이지 않았다. 노인의 얼굴에 떠오른 것은 인내의 표정, 마치 이 세상이 하나의 거대한 오류에 지나지 않아 자신과 같은 언어로 이야기를 나눌 사람도, 옆자리의 우정을 나눌 사람도 없기에 그저 진득하게 생을 참아내고 있다는 듯한 표정이었다.

제17장 산길

나는 블래킷 부인처럼 나이 지긋하고 작달막한 사람이 베그스 씨의 천장 높은 짐마차에 탔다가 불편을 겪게 될까봐 걱정스러웠지만, 나의 고민은 편안한 의자와 부인의 용맹한 정신으로 다행히 극복되었다. 토드 부인은 우리가 배의 승객이라도 되는 듯 굉장히 세심하게 자리를 돌보더니 마침내 승선이 잘 끝났다고 선언했다. 그런데 언덕을 막 올라가기 시작했을 때 집 현관문을 활짝 열어놓고 왔다는 사실을 깨달았다. 묵직한 열쇠는 주머니에 오롯이 남아 있었다. 나는 부리나케 다녀오겠다고 했으나 이런 제안은 강렬한 코웃음으로 이어진 뒤 다들 열어놓은 문 따위 가볍게 무시하고 잊어버렸는데, 3~4킬로미터 정도 이동했을 즈음 의사 선생님을 마주치자 토드 부인은 그에게 가까운 이웃을 찾아가 오후에 먼지가 너무 많이 날리는 듯싶으면 집에 들러서 문을 닫아달라고 전해주기를 부탁했다.

"부엌에 있을 테니 가서 부르면 바로 나올 거예요. 오래 안 걸려." 토드 부인이 의사 선생님에게 말했다. "분명해. 데닛 부인은 집에서 창문 다 열어놓고 있을 거예요. 뭐, 우리 집 현관문이 도로 쪽으로 나 있지는 않지만." 토드 부인의 평정심을 보여주는 증거 앞에서 블래킷 부인은 나를 향해 지혜로운 미소를 지어 보였다.

의사 선생님은 우리의 손님을 보고 기뻐했다. 그와 블래킷 부인은 분명 아주 따스한 친구 사이였고, 나는 두 사람의 눈에서 애틋한 신뢰를 보았다. 선량한 의사 선생님은 마차에서 내려 우리와 이야기를 나누었는데, 블래킷 부인의 손을 잡더니 그저 습관의 소산처럼 대화하는 동안 잠시 손목을 붙들고 맥을 짚었다. 그러고는 칭찬하려는 듯 노부인의 단단한 손목을 도닥여서 보는 내가 즐거워지고 말았다.

"정정하게 나이 들고 계셔. 이런 기세라면 앞으로 10년도 거뜬하겠습니다." 의사 선생님이 쾌활한 목소리로 확언했고, 블래킷 부인도 미소로 화답했다. "내 오랜 친구 환자들은 깐깐하게 관리해주고 싶거든." 의사 선생님이 말하고는 내 쪽을 보았다. "오늘 토드 부인이 무리하게 놔두면 안 돼요. 저런 노부인들은 생각 없이 구는 경우가 많아서." 우리는 다 같이 웃음을 터뜨리고 작별한 뒤 명랑하게 각자의 길로 떠났다.

"저 친구는 옛날이랑 똑같이 네 경쟁자인 거야?" 블래킷 부인이 물었다. "너랑 저 친구랑 이렇게 사이가 좋은 건 처음 보는데, 앨미러." 앨미러는 점잖게 고개를 끄덕였다.

"이제 의사 선생은 왕진하러 갈 곳이 너무 많아서 집집이 다니지 못해." 그가 대답했다. "끊임없이 이야기하는 걸 좋아하는 환자가 있으면 특히 힘들지. 의사 선생님과 나는 파트너가 될 수밖에. 선생은 일이 많아. 멀리 널리. 피곤해 보이지 않던가? 일 좀 그만하고 푹 쉬라고 한마디 해야겠네. 두어 해마다 한 번씩 록랜드에서 큰 배를 타고 보스턴까지 가서 다른 의사들을 보러 다녀. 그러고는 아이처럼 쌩쌩해져 돌아와. 그쪽 의사들이 선생을 좋게 생각하나보더라고." 토드 부인이 고삐를 흔들고는 결연하게 채찍을 향해 손을 뻗었는데, 꼭 사람들의 의견을 한데 모으려는 듯 강한 손짓이었다.

짐마차를 끌던 흰말이 처음에는 얼마나 기운 세고 기세가 좋았는지 모르겠으나 가파른 언덕과 앞으로 긴 여행이 이어지리라는 전망에 금세 진이 빠지고 말았다. 우리는 천천히 힘겹게 나아갔다. 블래킷 부인과 내가 함께 앉았고, 앞자리에 혼자 앉은 토드 부인은 굉장히 위엄 있는 자세로 커다란 간식 바구니를 들고 있었다. 일부 구간에서는 빽빽한 숲이 도로에 그늘을 드리웠으며 높은 언덕에 오르자 농장이 하나둘씩 보이기도 했는데, 우리 세 사람이 깊은 관심을 갖고 지켜보는 바람에 농장 본채와 헛간, 곳곳의 정원, 닭과 오리까지도 아주 집요한 탐색의 눈길을 견뎌야 했다. 내게는 꽤 낯선 길이었다. 사실 지금껏 토드 부인과 나들이를 떠날 때는 대부분 걸어서 이동했으며 도로가 없는 탁 트인 풀밭으로 다닐 때가 많았다. 두 친구가 몇 번이나 마차를 세우고 지인의 집에 들러 문간에 잠시 선 채로 집에 돌아가는 길에 또 들르겠다고 약속하는 바람에 이 모험이 과연 얼마나 걸릴지 아득해지기 시작했다. 전에도 토드 부인이 친구들에게 얼마나 따뜻한 환영을 받는지 눈여겨보게 될 때가 많았지만, 사람들이 블래킷 부인에게 보여주는 애정과는 비교조차 되지 않았다. 내 옆에 있는 다정하고 소탈한 노부인의 모습을 알아본 사람들의 얼굴에는 기쁨의 표정이 떠올랐다. 꾸준한 관심과 교류가 저 먼 곳의 섬과 뭍 여기저기 흩어져 있는 농장들을 금 같은 사랑과 의지의 고리로 이어주어 놀라운 기쁨이 잇따랐다.

"자, 이제 가능하다면 친구들 집에 들르는 건 그만하자고." 마침내 토드 부인이 주장했다. "피곤해질 거야, 엄마. 모임에 대한 기대도 줄어들 거고. 여기 사는 사람들은 언제든 볼 수 있으니까. 저기 봐, 다음 집에서도 도넛을 튀기고 있나본데! 아시나 몰라, 이 사람들은 세인트조지 쪽에서 새로 이사 왔어. 작년에 탤컷 댁 옛 농장을 샀대. 이 길에 있는 물이 제일 좋고 말 머리에 매어둔 끈도 풀렸으니, 그래, 잠깐 멈춰 서서 말에게 물이나 먹이자."

우리는 마차를 세웠다. 농장의 주인은 가냘프고 성마른 생김새였는데, 휴일의 옷차림으로 즐거움을 찾아 모험 중인 사람들을 보고는 부러움이 동한 듯 밖으로 나와 무슨 일인지 물었다. 문을 반만 연 채 빼꼼 서 있던 그를 블래킷 부인이 일 단 찬찬히 살펴보더니 참으로 유쾌하고 허물없이 혹시 우리 가 농장에 무단 침입을 한 것인지 물었고, 주인은 몇 마디 이 야기를 주고받다가 다시 부엌에 들어가서는 접시에 도넛을 잔뜩 담아 나왔다.

"사람도 동물도 신날 일이 생겼어." 토드 부인이 흡족스럽 게 말했다. "그래, 오는 길에 집마다 새로 도넛을 튀기는 것은 눈치챘는데 먹어보라고 대접한 집은 여기가 처음이네요."

우리의 새로운 친구는 기뻐서 뺨이 발그레해졌으나 별다른 대꾸는 없었다.

"맛이 끝내주네요. 아주 잘 튀겨졌어요." 토드 부인이 힘주 어 칭찬했다. "맞아요, 오는 길에 보니 집마다 도넛을 튀기더 라고. 한 집에서 튀기면 다른 집에서도 다 튀기게 돼. 참 많은 것이 그렇지요."

"설마 보든 댁 모임에 가시는 건 아니겠죠?" 흰말이 목을 축이고 고개를 들어 올리기에 작별 인사를 하려는데 농장 주 인이 물었다.

"어머, 맞는데." 블래킷 부인과 토드 부인, 내가 일제히 대답 했다.

"저도 친척이라서요. 네, 저도 오늘 오후에 모임에 가기로 했어요. 한참 기대했답니다." 그가 들뜬 목소리로 말했다.

"거기서 만나겠네요. 괜찮으면 우리 쪽으로 와서 잠깐 앉았다가 가요." 다정한 블래킷 부인이 말했고, 우리의 마차가 출발했다.

"친정이 어디인지 궁금한데?" 토드 부인이 말했다. 족보 문제에 있어서는 보통 모르는 것이 없는 그였다. "토머스턴 댁지나면 나오는 외딴 지역 중 하나일 거야. 오늘 오후에 알아낼 수 있겠지. 아마 가족들끼리 같이 오거나, 보든가에서 모여 앉겠지. 도넛에 관해 저렇게 올바른 관점을 갖고 있는 사람과는 친하게 지낼 의향이 있어."

"얼굴이 보든가 사람처럼 생겼던걸." 블래킷 부인이 말했다. "이름을 물어볼걸 그랬어. 외지인이잖아. 외지인들도 즐겁게 지내게 도와주고 싶거든."

"이마 주변이 사촌 팔리나 보든을 닮았던데." 토드 부인이 결론을 내렸다.

그때 우리는 나무 그림자가 드리운 숲길을 지나 그 너머 탁트인 들판으로 나온 참이었는데, 누군가가 길가에 서서 마차를 세우기라도 한 듯 토드 부인이 갑자기 말을 세웠다. 지금껏 인사를 받았을 때 으레 답례하던 방식대로 잽싸고 묵직하게 고개를 끄덕이기도 했는데, 나는 그 들뜬 시선 끝에 있는 것이 그저 울타리 안쪽에서 자라는 키 큰 물푸레나무임을 알게 되었다.

"잘 자랄 줄 알았지." 토드 부인이 편안한 목소리로 말했다.

마차가 다시 움직이기 시작했다. "지난번에 이 길로 왔을 때 이 나무가 풀이 죽어서는 축 처져 있더라고. 다 자란 나무들은 그럴 때가 있어. 사람이랑 똑같아. 그러다가도 마음을 고쳐먹고 새로운 방향으로 뿌리를 내려 용감무쌍한 정신으로 다시 살아가기 시작해. 물푸레나무는 이따금 우울에 사로잡혀. 다른 나무들처럼 굳세지 못해서."

나는 이야기가 더 이어지기를 바라며 귀를 기울였다. 바로 이런 특이한 지혜를 얻을 수 있다는 점에서 토드 부인과 함께하는 즐거운 시간을 귀히 여기게 되었다.

"바위를 뚫고 자라나는 건강하고 씩씩한 나무도 가끔 있지. 틈새에 뿌리를 내리고 자라나는 거야." 토드 부인이 이야기를 이어갔다. "헐벗은 돌투성이 언덕 꼭대기 같은 곳, 기름진 흙이라고는 싹싹 그러모아도 외바퀴 수레 하나 못 채우는 곳에서 바싹 마른 여름을 지나면서도 푸르른 우듬지를 자랑하지. 돌에 귀를 대보면 졸졸 물 흐르는 소리가 들릴 거야. 그런 나무는 자기만의 샘을 지니고 있거든. 그런 나무를 똑 닮은 사람들도 있고."

나는 옆에 바싹 붙어 앉은 블래킷 부인 쪽으로 고개를 돌릴 수밖에 없었다. 천천히 나아가는 마차 속에서 검은색 얇은 울 장갑을 낀 손을 얌전하게 맞잡은 채 부인은 기대감 깃든 즐거운 미소를 머금고 창밖의 꽃이 핀 길가를 내다보았다. 토드 부인의 나무에 관한 이야기는 한마디도 듣지 않은 듯했다.

"저기 뒤쪽에 근사한 목향이 자라는 걸 봤단다." 곧 그가 딸에게 이야기했다.

"오늘은 약초에 관심 없어." 토드 부인이 정말이지 단호한 목소리로 대답했다. "사람들 만날 생각뿐이야." 그러고는 다시 고삐를 흔들었다.

일단 나는 서두를 생각이 전혀 없었던 것이, 그림자가 드리운 도로의 풍경이 너무나 보기 좋았다. 오른편으로 숲이 가까이 붙어 있고 왼편으로는 좁은 들판과 풀밭이 있었는데, 작은 잔디밭을 사이에 두고 한쪽에는 가문비나무와 소나무가 자라고 다른 쪽에는 월계수와 노간주나무와 월귤나무가 자랐다. 뭍 산골의 중심까지 왔다는 생각이 들었을 때쯤 언덕 꼭대기에 도착했고, 문득 탁 트인 벌판 끝으로 넓은 만의 바닷물이 엿보이는 아름다운 풍경이 눈앞에 펼쳐졌다. 그 너머 아득한 바닷가는 한낮의 연무에 고지대가 반쯤 가려지고 더 멀리 북쪽 수평선의 엷은 푸른빛 산 풍경이 아른아른해 이국 같았다. 바닷가에 흰빛으로 흩뿌려진 마을에서 돛을 펴고 출항한 어선이 있었고, 그 주변으로도 돛단배가 여럿 떠다녔다. 굉장한 풍경이었고, 그림자 드리운 도로의 답답한 풍경에 익숙해진 나는 감당하기 버거울 지경이었다.

"저것 봐, 바닷가 윗동네들이구나." 토드 부인이 말했다. "저 멀리 페슨든까지 보여. 저 멀리 보이는 농장들이 있는 마을이 페슨든이야. 저쪽 바닷가에 이모가 살았었는데. 여름날 아침에 눈 뜨자마자 그린 아일랜드에서 출발해도, 좋은 바람이 꾸준히 불고 밀물 시각을 잘 맞춰서 물참에 도착하더라도 느지막한 오후였지. 힘든 여정이라 엄마가 원하는 만큼 자주 들르지는 못했어. 해안선을 따라 저 아래 콜드 스프링 라이트라는 곳까지 가서 저기 길쭉한 모서리를 돌아야 해. 이곳은 백 쇼어라고들 불러."

"그래, 우리 자매는 참 다정하게 지냈는데 언니가 결혼하고 첫해에 헤어진 거나 다름없었지." 블래킷 부인이 말했다. "각자 자기 가족이 있는 데다가 할 일이 많으니까. 언젠가 더 자주 만날 수 있는 시절이 오기를 바랐건만. 언니는 이따금 남편이 고기 잡으러 떠나면 며칠 동안 그린 아일랜드에 다녀가기도 했어. 한번은 언니랑 형부, 두 조카까지 다 같이 들렀거든. 형부가 집 바로 앞에서 생선 말리는 틀을 짜서는 겨우내 생선을 말렸지. 같이 참 좋은 시간을 보냈어. 언니랑 나랑. 언니가 살아 있는 동안 옛날이야기도 자주 했는데."

"저쪽, 언니가 살던 곳을 보면 정말 기분이 좋아." 블래킷 부인이 계속 이야기했다. 이제 마차는 언덕 내리막길로 접어든 참이었다. "아직도 저곳에 살고 있을 것만 같아. 오래전에 돌아갔지만. 언니는 농장을 좋아했어. 내가 섬 생활에 잘 적응한 걸 도통 이해 못 하던데. 어쨌든 난 처음부터 줄곧 행복해."

"맞아, 내 눈에는 저 느려터진 농장 생활이야말로 지겨워 보여." 토드 부인이 단호히 말했다. "저런 동네는 겨울에 눈

내리면 참 말썽이잖아. 다들 아무 데도 못 가고. 엄마가 말씀하신 것처럼 말이야. 저런 곳보다는 바닷가가 훨씬 낫지. 난 산골에 사는 건 도통 좋아 보이지 않더라."

"저기, 다음 언덕에 있는 마차들 좀 봐라!" 블래킷 부인이 소리쳤다. "대단한 모임이 될 거야. 그럴 것 같지 않니, 앨미리? 지금까지는 우리 말고 아무도 안 가는 것 같더만. 게다가 날이 얼마나 좋아. 어제는 공기가 시원하고 쾌적해서 일하고 준비하기에 좋았어. 누구든 안 올 이유가 없지. 피비 앤 브록 같은 게으름뱅이도."

블래킷 부인의 눈이 들떠서 반짝였고, 심지어 토드 부인도 굉장한 열의를 보였다. 말을 재촉해서 앞선 나들이객들을 따라잡았다. "뎁퍼즈 댁 식구들 총출동했네. 마차에 여섯이나 앉아 있어." 토드 부인이 즐겁게 이야기했다. "앨바 틸리 부인 댁 식구들도 새 마차를 타고 언덕 위로 올라오는 중이고."

블래킷 부인은 리본으로 말끔하게 묶었던 검은색 보닛 끈을 풀어 세심하고 정확하게 다시 묶었다. "보닛이 조금 옆으로 기울어진 것 같다, 우리 딸." 블래킷 부인은 토드 부인이 어린아이인 것처럼 조언했다. 하지만 토드 부인은 앞길에 집중하느라 바빴다. 우리는 새로운 기쁨을 느끼며, 굉장한 행사가 기다리고 있다는 사실을 새로이 감각하며 짤막한 마차 행렬에 동참했다.

제18장 보든가 모임

시골에 살면 축제나 휴가를 즐길 기회가 적기에 모든 사람이 참석할 수 있는 잔치가 대단하지 않기란 어렵다. 뉴잉글랜드 땅의 열정이란 원래 이렇게 은밀하되 불꽃 같아서 일단 배출구가 주어지면 화산처럼 밝고 뜨겁게 분출하고는 한다. 이런 조용한 동네의 폭발적인 내적 동력은 도시 일상의 시시한 재밋거리 같은 것에 힘 빼는 법이 없는데, 어쩌다 한 번씩 익숙한 들판에서 애국심과 우정과 끈끈한 혈연에 바쳐지는 제단이 마련되면, 지구 중심부의 소진되지 않는 불에서 번진 듯한 불꽃이 환하게 살아나 펄떡였다. 우리의 영혼이 깃든 화강암 먼지를 뚫고 원시의 불꽃이 타오르는 것이다. 모두의 가슴이 따뜻해지고 모든 얼굴은 고대의 빛으로 빛난다. 오늘 같은 날에는 변화의 힘이 있어 냉랭했던 사람들과 친구가 되기도 쉽고, 아둔했던 사람들에게도 유창해질 기회가 주어지며,

가장 밋밋한 얼굴에도 아름다움이 깃든다.

"아, 오늘은 오랫동안 만나지 못한 친구들을 만나게 되겠구나." 블래킷 부인이 깊이 만족한 듯 말했다. "나이 든 양반들이 잔뜩 외출하겠지. 이렇게나 날이 좋잖아. 나이 지긋한 친구들이 기대만큼 즐거워하면 항상 달갑더라고."

"그중 제일 멋진 양반은 분명 참석할 모양이던데." 토드 부인이 은근한 농담으로 대꾸하며 나를 흘긋 바라보았다. "한가지 확실한 사실, 이 동네에서는 보든가와 관련된 것만큼 중요한 게 없어. 그래, 보든가에 일이 있으면 랜딩부터 저 끝의백 코브까지 온 동네 사람들이 전부 길을 나서지. 피가 섞이든 결혼으로 묶였든 다들 한 가족이라서."

"내가 어렸을 때 자주들 하던 이야기가 있었어." 블래킷 부인이 잔뜩 신이 나서 말했다. "지금보다 보든가 식구가 많던시절이었는데, 끔찍이 더운 일요일 오후에 다들 예배에 참석하려고 모이는 중이었거든. 웬 정신 없는 하녀 아이가 동네어딘가에서 달려와서는 헐떡이며 예배당에 들이닥쳤지. '보든 부인, 보든 부인!' 그 애가 말했어. '아기가 발작을 해요!'그랬더니 그 자리에 있던 사람들이 전부 벌떡 일어나서 복도로 달려 나왔다는 거야. 보든 부인이 그렇게나 많아서 다들집에 가려고 나섰던 거지. 연단에 선 목사님은 아무렇지 않은척하려고 애쓰다가 갑자기 웃음을 터뜨렸대. 다들 참 좋은 분이라고 말하던 목사님이었는데, 설교는 다음 일요일에 들으라며 그냥 축복을 비는 인사로 마무리하고 끝냈다지. 우리 어머니도 그 자리에 있었는데 발작을 일으킨 게 틀림없이 우리 딸이겠거니 생각하셨다나."

"우리 집안에는 발작 일으키는 사람이 없는데." 토드 부인이 단호한 목소리로 끼어들었다. "아니, 우리는 발작 같은 건 한 적 없어. 가족 그 누구도. 우리가 저 멀리 그린 아일랜드에서 출발한 게 아니라 다행이야. 이제 앞 마차에 바짝 따라붙었잖아. 에빈스 부인에게 주려고 진정용 개박하랑 톱풀을 얼마나 많이 말렸는지 몰라! 저기 에빈스 식구들 다 모였네. 표정까지 보여. 저기, 교차로 쪽을 봐요, 엄마." 토드 부인이 돌연 소리쳤다. "우리 앞에 있는 사람들이 이렇게나 많다니. 게다가, 아, 바다 쪽을 봐요. 그래, 바다 쪽을 봐봐! 배가 뜬 풍경이 굉장해. 전부 보든네 앞바다로 가고 있어!"

"아, 아름답잖니!" 블래킷 부인이 소녀처럼 한껏 기뻐하며 말했다. 풍경을 제대로 보려고 천장 높은 마차 안에서 벌떡 일어났다가 다시 앉으며 내 손을 꼭 붙들었다.

"말을 조금 더 재촉하는 게 좋지 않겠니, 앨미리?" 블래킷 부인이 물었다. "지금껏 편하게 왔잖아. 도착하면 푹 쉴 수 있고. 다들 우리보다 조금 앞서 있어서 일 분도 늦기 싫은걸."

우리는 언덕길을 따라 마차를 달리며 만에 있는 배들이 하나씩 돛을 내리는 광경을 바라보았다. 보든 가족이 오래도록 살아온 나지막한 집이, 넓은 지붕을 인 채 초록빛 들판에 서 있었다. 마치 사방으로 헤매고 다니다가 돌아오는 새끼들을 기다리는 갈색 어미 닭 같았다. 처음 이 지방에 온 보든 사람이 정착한 집이었는데 여전히 그 집 농가로 쓰이고 있었다. 다섯 세대에 이르는 뱃사람과 농부와 군인이 그 집의 자식들이었다. 곧 블래킷 부인은 바다가 내다보이는 언덕 위에 작은 요새처럼 서 있는 돌담 묘지를 보여주었는데, 부인의 설명대로 그곳에 몸을 뉘지 못한 보든가 사람들도 세상 곳곳에 여럿이 있었다. 바다에서, 서부에서 실종된 이들도 있었고, 전사자들도 있었다. 가족 묘지 무덤의 주인은 대부분 여자였다.

이제 바닷가에서 산골 한복판으로 이어지는 다양한 오솔길이 보였다. 길마다 여기저기 한 줄로 걸어가는 일행들의 모습이 꼭 《천로 역정》●의 삽화 같았다. 라일락 덤불 주변에 몰려온 통통한 벌들처럼 보든가 주변에 인파가 바글바글했다. 들판과 만 너머 높은 지대부터 바다까지 나무가 빼곡해서 분명 겨울의 북서풍이 상당히 차단될 듯했다. 그야말로 성대한 가족 모임에 알맞은 기분 좋은 그늘과 안식의 풍경이었다.

우리는 한참 지각한 듯한 기분이 들어 발걸음을 재촉했고, 굽이를 돌아 울퉁불퉁한 큰길을 벗어나서 나이 많은 사과나무가 그림자를 드리운 푸릇푸릇한 오솔길로 들어서니 참으

● 영국의 신학자이자 작가인 존 버니언(1628~1688)의 소설. 멸망의 도시에 살던 주인공과 그의 가족들이 온갖 고행 끝에 천국으로 간다는 우화적인 이야기다.

로 흡족했다. 토드 부인의 격려를 받은 말이 껑충껑충 명랑하게 달린 끝에 마차는 빙 돌아 부드러운 풀밭 위 농가 앞에 도착했다. 즉각 반가운 탄성이 들렸고, 여럿이서 모여 떠들던 부인 중 두세 명이 우리 쪽으로 달려왔다.

"세상에, 우리 블래킷 부인이네! 여기 블래킷 부인이 오셨어!" 그들이 외치는 소리가 들렸다. 블래킷 부인을 보는 것만으로 이날 하루의 즐거움은 충분하다는 목소리였다. 토드 부인은 고개를 들어 만족감과 이타심이 느껴지는 사랑스러운 표정으로 나를 보았다. 잘나가는 선장 같은 얼굴의 할아버지가 양팔을 들고 마차 높이 앉아 있던 블래킷 부인을 아이처럼 안아 내리고는 진심 어린 애정을 담아 입을 맞추었다. "부인이 안 오실까봐 몹시 걱정했습니다." 그가 햇볕에 얼굴이 그을린 행복한 남자아이 같은 얼굴로 토드 부인을 바라보며 말했다. 모두가 빙 둘러서서 반가이 맞아주었다.

"엄마는 항상 여왕님이야." 토드 부인이 말했다. "그래, 다들 엄마 옆에서 한껏 즐길 테지. 오늘 엄마는 행복한 시간을 보내시겠군. 역시 이런 기회를 놓칠 수는 없었어. 이제 엄마는 아쉬울 일이 아무것도 없을 거야. 윌리엄이 없어서 안타깝기는 하지만."

블래킷 부인이 적절하게 집 안으로 모셔지고 토드 부인에게 충분한 존경이 표해지자, 몇몇의 남자가 기사도의 영혼이라 할 수 있는 담백한 친절이 깃든 태도로 우리를 안내하며 바구니를 받아 들고는 흰말을 마구간으로 데려갔다. 나는 토드 부인의 친구 및 친척 몇몇과 이미 아는 사이였기에 이 행복한 순간 보든가에 입양된 듯한 기분이었다. 블래킷 부인과 같은 마차를 타고 왔다는 것만으로도 그랬다. 금세 블래킷 부인은 집 안에서 궁정 연회 같은 것을 개최하고 있었고, 살갑고 풍채 좋고 그 누구보다 매력적인 토드 부인은 라일락 덤불 주변으로 빠르게 늘어나는 인파의 중심에 있었다. 물가에서 길게 이어지는 푸른 언덕길을 따라 사람들이 삼삼오오 밀려들었고, 바다 위의 배들은 거의 다 뭍에 닿은 모양이었다. 세어보니 가벼운 산들바람에도 어쩔 줄을 모르는 서너 척이 있었으나 머지않아 일행이 많든 적든 보든가 사람들은 전부 모인 모양새가 되었고, 우리는 들판을 가로질러 수풀로 올라가기 시작했다.

시끌벅적한 아이들, 가진 것 중 가장 훌륭한 검은색 드레스의 넉넉한 치맛주름을 땅으로 무겁게 떨어뜨린 허리 굵은 여자들, 햇볕에 그을린 얼굴로 마을 회의라도 앞둔 듯 진지한 표정을 지은 남자들 모두 갑자기 질서 정연하고 조용해졌다. 꼿꼿하고 작달막하며 블래킷 부인을 똑 닮은 군인 같은 남자가 보였는데, 아주 능숙한 솜씨로 우리를 통제했다. 꽤 단호한 태도였으나 군인다운 웅장한 절도가 있었으며 중요한 행사에 임하듯 근엄하고 품위 있게 행동했다. 우리는 그의 명확한 기획에 따라 분류되었고, 명령을 기다리는 대원들처럼 입을 꾹 다물고 서 있었다. 심지어 아이들, 그 귀여운 무리까지도 함께 행진할 준비가 되어 있었고, 마지막 순간 블래킷 부인과 소수의 저명인사, 목사들, 나이가 아주 많은 노인까지 함께 집에서 나와 자기 자리에 앉았다. 우리는 네 사람씩 줄지어 섰음에도 아주 긴 행렬을 이루었다.

우리를 위해 잔디를 깎아 만든 너른 길이 들판을 가로질렀고, 그 길을 따라 걷는 동안 벌들은 아직 6월인 듯 윙윙거리고 베어낸 자리 위로 다시금 빽빽하게 자라난 클로버밭에서 새들이 날아올랐다. 흰 갈매기가 반짝이는 바다에는 여러 척의 배가 함께 낮은 파도를 타며 우리의 발걸음에 박자를 맞추듯 작은 돛을 흔들거렸다. 철썩이는 파도 소리가 희미하지만 분명하게 들렸다. 우리는 승리를 축하하거나 추수의 신을 숭배하기 위해 저 높은 숲으로 향하는 고대의 그리스인들 같았다. 이런 광경을 바라보고 그 일원이 되는 경험에는 기이한 감동이 있었다. 하늘과 바다는 아주 오랫동안 의식을 치르는 가여운 인류를 지켜보았다. 이제 우리는 자신의 존재와 단순한 발전을 축하하는 한 뉴잉글랜드 가문이 아니었다. 이 모든 것을 전해온 오래된 가문들의 기념품과 유물을 운반하는 자들, 계보의 마지막 항렬일 뿐이었다. 우리는 망각되어 아득해진 어린 시절의 본능을 지니고 있었다. 나는 초록 나뭇가지를 들고 노래를 부르며 길을 가야 할 것만 같았다. 어쨌든 우리는 줄곧 침묵을 지키며 빽빽한 나무가 그늘을 드리운 숲으로

들어가 자리를 잡았고, 그 옆의 꼿꼿한 나무들은 어울려 잎을
너울거렸으며 햇살은 단 한 장의 금빛 잎사귀로 반짝이며 여
기저기로 낙하하다가 서늘한 그림자 속으로 사라졌다.

숲이 어찌나 큰지 대가족은 탁 트인 벌판에 있을 때보다 훨
씬 작아 보였다. 짙은 빛깔의 소나무와 전나무가 빽빽하게 자
라는 사이사이 거대한 지붕에 달린 밝은 창문처럼 단풍나무
와 오크가 빛깔을 더했다. 나무둥치 뒤편에 삼면으로 반짝이
는 바다가 보였고, 하루 중 햇볕이 가장 뜨거운 시간이 가까
워지며 밀물과 함께 불어 드는 시원하고 짭짤한 산들바람이
느껴졌다. 암실에서 바깥 풍경을 내다보듯 방금 지나온 햇살
밝은 초록 벌판을 볼 수 있었고, 햇볕 속에 가만하게 서 있는
오래된 농가와 라일락, 커다란 헛간과 마차를 잔뜩 세워둔 울
타리, 그곳에서 어슬렁거리다가 함께 벌판을 지나 이쪽으로
오는 관리인 두어 명도 보였다. 토드 부인은 따뜻한 장갑을
벗고 흡족한 풍경을 바라보았다.

"잘 봐둬!" 토드 부인이 외쳤다. "항상 동생에게 여기를 보
여주고 싶었는데 이렇게 근사한 기회가 생길 줄이야. 날씨와
계기 모두 완벽하게 맞아떨어졌네. 그래, 내겐 딱 맞아. 더 바
랄 게 없어. 벼랑 위로 걷는 엄마를 봤으려나! 벼랑에서 목사
들이랑 걷는 엄마를 보니까 울컥하더라고." 토드 부인은 곧장
통제할 수 없는 감정을 숨기려고 고개를 돌렸다.

"아까 그 장군님은 누구였어요?" 내가 잽싸게 물었다. "옛날

에 군인이었던 분인가요?"

"참 능숙하시잖아?" 토드 부인이 흡족하게 대답했다.

"오늘처럼 재능을 선보이기 좋은 기회가 많지 않아." 랜딩에서 알게 된 친구인 캐플린 부인이 대화에 합세했다. "샌트보든이야. 이런 날이면 꼭 대장 역할을 하지. 다른 날에는 딱히 쓸모없는 양반이지만. 문제는, 저이가 말이지……."

흥미가 동한 나는 문제가 무엇인지 듣기 위해 고개를 돌렸다. 캐플린 부인의 열띤 목소리가 인상적이었다.

"술을 진탕 마셔." 부인이 조롱을 섞어 설명했다.

"아니, 샌틴이 실제로 참전한 적은 없어." 토드 부인은 초탈한 듯 무심하게 대꾸했다. "그래서 참 속상해했지. 계속 입대지원하고 저 멀리 다니며 널리 세상 견문도 쌓고 심지어 배를 타고 보스턴에 가서 자원하기도 했건만, 그이가 굳건한 사람이 아니라며 군대에서 받아주지 않은 거야. 전술에 관해서라면 모르는 게 없고, 워털루 전투든 벙커힐 전투든 전부 속속들이 잘 알고 있는데. 이 나라는 위대한 장군 하나를 손해본 거라고 언젠가 그이한테 말했는데, 진심이었어."

"그 말이 맞는 셈이네." 캐플린 부인이 말했다. 다소 상심하고 미안해하는 목소리였다.

"맞고말고." 토드 부인이 지극히 친근한 목소리로 고집했다. "눌러앉아 그런 얌전한 일을 하고 있으니 너무 안타깝지만, 신발 만드는 것도 잘할 때는 참 잘하는 사람이라. 그리고 항상 그러더라고, 생업이 있으니 대형을 구상할 시간도 마련할 수 있는 거라고. 현충일이면 어김없이 항구까지 이어지는 행진을 맡아달라고 요청받아. 매년 그래. 그리고 외모가 정말 귀족적이기는 하지. 집안이 군인 혈통이거든."

나는 이 시골 사람들 사이에서 묘하게 프랑스적인 얼굴이 흔하다는 것을 눈치채고는 몹시 흥미로워하고 있었다. 블래킷 부인은 외모를 봐도 타고난 매력을 봐도 분명 프랑스 혈통이라고 혼자 생각한 적이 있는데, 뉴잉글랜드 북부 해안가로 온 초기 정착민 중 상당수가 프랑스 위그노 혈통이었다는 사실을 알고 나면 놀랄 일도 아니었고, 과연 새로운 세상으로 모험을 떠나는 민족은 색슨족이 아닌 노르만족 영국인인 것이다.●

"옛날에 그런 이야기를 종종 듣곤 했어." 토드 부인이 겸손하게 말했다. "우리 가족은 프랑스에서 아주 높은 가문 출신이고, 조상 중에는 그 옛날 전쟁터에서 활약한 위대한 장군도 하나 있었다고. 때로는 샌틴의 능력이 거기서 온 게 아닌가 싶기도 해. 공부해서 배운 게 아니거든. 타고났지. 근사한 행렬을 본 적도 없고, 그런 걸 연구한 사람을 만난 적도 없거든. 혼자 공부하고 깨우쳐서 8킬로미터 떨어진 그린 아일랜드에

● 영국은 약 5세기부터 11세기까지 게르만 민족의 한 분파인 앵글로색슨이 지배했는데, 1066년에 프랑스 북부 노르망디의 공작이 영국을 정복해 노르만 왕조를 세웠다.

있는 윌리엄의 어장이나 신호가 깜빡이는 저 위쪽 번트 아일랜드까지 정확하게 대포를 조준할 줄 아는 거야. 어느 날 나한테 그런 이야기를 잔뜩 하는데, 관심 있는 척하느라 고생했어. 그이는 인생을 그 일에 쏟아부었지. 다만 가엾게도 이따금 우울한 시기가 닥치면 술을 마셔야 하는 거고."

캐플린 부인이 깊은 한숨을 내쉬었다.

"그렇게 방황하는 사람들이 참 많다니까. 식물도 똑같아." 과연 식물 애호가인 토드 부인이 이야기를 이어갔다. "여기 주변 황무지에 작은 월계수 한 그루가 홀로 자라고 있거든. 이 바닷가에 다른 월계수가 있다는 이야기는 들어본 적이 없어. 언젠가 매사추세츠주에서 큰 월계수를 받은 적이 있어서 이 동네에는 드물다는 걸 알아. 그 외톨이 월계수는 탁 트인 곳에 있어서 잘 자라겠다고 생각할 수도 있겠지만 못생긴 편이야. 몇 번이나 가봤는데 항상 꽃이 별로더라고. 참말로 샌트 보든 같지. 제자리를 못 찾은 듯한 모양새가."

캐플린 부인은 당황하고 멍한 듯했다. "글쎄, 내가 아는 거라고는, 작년에 그이가 카운티 연합회 행진을 군대식으로 구상해서 사람들이 그 구상에 맞춰 속이 빈 방진 대열을 짜느라 난리였다는 것뿐이야." 부인이 웃음을 터뜨렸다. "다들 저 멀리 산골에서 바닷바람 부는 곳까지 내려왔으니 속이 허했겠지. 게다가 적당히 끝낼 줄을 모르는 할로 목사 영감한테 신앙에 관한 설교까지 들었잖아. 전술 같은 걸 생각할 때가 아니었어. 다들 기독교인 군단 같은 걸 상상할 겨를이 없었다고.
샌트가 그 사람들 데리고 할 수 있는 건 아무것도 없었어. 그
이는 사람들이 모인 모습을 보면 행진시킬 생각만 해. 밀어붙
이지만 않으면 괜찮은데, 원래 웬만한 사람 같지는 않아서."

"그이가 여느 사람 같지 않다는 말은 내가 줄곧 하지 않았
어?" 토드 부인이 단호하게 몰아붙였다. "기인들은 자기만의
기이한 방식으로 살아야 하는 법이야. 내가 보기에는 그래."

"전에 누가 그러더라. 우리 교구 사람들을 쭉 둘러보면 원
래 어느 혈통이었는지 알 것 같다고." 캐플린 부인이 말했다.
돌연한 깨달음으로 낯빛이 환해졌다. "그때는 혈통 같은 게
뭐가 중요한가 싶었는데. 항상 마리 해리스가 중국 계집애처
럼 생겼다는 생각은 했지만."

"마리 해리스는 어렸을 때 예쁘장했지. 기억나." 블래킷 부
인의 기분 좋아지는 목소리였다. 거의 모든 참석자에게서 다
정한 환영 인사를 받은 뒤, 혹시 우리가 말썽을 피우고 있지
않은지 보려고 이쪽으로 합류한 것이었다.

"그래, 마리는 예쁘장한 새끼 양이 끔찍이도 볼썽사나운 늙
은것이 된 전형적인 사례야." 토드 부인이 힘주어 대답했다.
"무슨 일이든 마리가 대장이 되어 도맡으면 리틀페이지 선장
님이 그렇게 낙담할 수 없다니까. 적당히 맞춰줄 수도 있는데
그 모양이라. 맞아, 선장님은 나이 든 양반인데 적당히 맞춰
주며 하고 싶은 대로 하게 놔둘 수도 있잖아. 하나하나 속속

들이 따지고 든다니까. 한 번쯤 가만히 앉아서 선장님 이야기 좀 들어주면 덧나나."

"선장님 이야기가 정말 재미있더라고요." 내가 용감하게 끼어들었다.

"맞아, 듣다보면 항상 궁금해지지. 이게 다 사실이라면, 진실을 제대로 본 사람이 바로 선장님이라면 이 세상은 어떻게 되는 건가." 토드 부인이 대답했다. "선장님이 조금 몽상에 빠져 살기는 하지만, 마리 해리스 같은 끔찍한 것보다는 옆에 두기 훨씬 좋은 사람이야."

"각자 살고 싶은 대로 사는 거다." 다정한 블래킷 부인이 부드럽게 말했다. "선장님 뵌 지도 꽤 됐네. 요즘에는 내가 사람들 모이는 곳에 자주 가지 못하니." 부인이 아쉬운 듯 덧붙였다. "평생 알고 지낸 사이인데."

"뭐, 내일 날이 좋으면 윌리엄을 시켜서 선장님 댁에 가보라고 해야지. 같이 식사하게 초대하라고 해야겠어. 윌리엄은 거리에서 사람들 마주치는 게 싫어서 일찌감치 올 거야."

"저기 봐, 식사 준비할 시간이라고 부르네." 캐플린 부인이 잔뜩 신이 나서 말했다.

"저기 우리 사촌 세라 제인 블래킷이야! 세상에, 반갑지 뭐야!" 토드 부인이 순수한 기쁨을 담아 소리쳤다. 두 다정한 영혼이 만나 나중에 길게 대화를 나누자고 약속하고 헤어졌다. 그다음에는 긴 식탁에 질서 정연하게 자리 잡느라 대화할 짬을 낼 수 없었다.

"난 이런 날이면 싫어하는 사람이랑 마주칠 것 같아서 줄곧 걱정하는 사람이야." 토드 부인이 잠시 고민에 잠겨 있더니 나에게만 들리는 목소리로 고백했다. 만찬이 시작하기를 기다리던 중이었다. "나처럼 털털한 사람이 이렇게 안달복달하는 게 의외겠지. 기억나네. 네이선과 결혼하자고 약속한 날 그런 생각이 들더라고. 물론 그렇게 행복할 수가 없었지만, 남편 친척 하나를 평생 내 가까운 친지로 삼아야 한다고 생각하니 그냥 콱 죽고 싶던데. 가여운 네이선은 내가 불편해한다는 걸 눈치챘어. 직감이 아주 좋은 사람이거든. 왜 그러냐고 묻기에 털어놓았지. '나도 그이한테는 도무지 마음이 안 가더라.' 그이가 그러던데. '당신도 신경 쓰지 말아요, 내 사랑.' 네이선과 결혼하기를 잘했다고 생각하게 만든 장점 중 하나야. 그이는 다른 남자들처럼 항상 반대만 하는 습관이 없었거든. '알았어요.' 내가 말했지. '그렇지만 추수감사절이나 장례식 같은 때를 생각해봐. 우리 친척이니 알맞게 대해야 하잖아요.' 젊은 사람들은 이런 걱정 안 하지만. 저기 있네. 그냥 지나갔으면 좋겠다!" 토드 부인이 말했다. 부인의 미움이 일반론일 때는 마음이 쓰이지 않았는데 실례가 눈앞에 나타나니 마음이 산란해졌다. "항상 그랬던 것처럼 꼴 보기 싫은걸. 옷은 참 예쁜 걸로 입었네. 네이선의 사촌이라는 걸 유념하려고 애쓰고 있어. 아이고, 잘됐네. 날 못 보고 그냥 지나쳤구나.

시시덕거리고 자랑이나 하다가 나중에 모임 다녀왔다고 떵 떵거리려고 왔겠지."

이런 말은 평소 토드 부인의 관대한 마음 씀씀이와 너무나도 달랐기에 나는 잠시 불편해지고 말았다. 하지만 증오의 대상이 사라지자 부인의 영혼에 드리운 먹구름도 빠르게 지나갔다.

온 바닷가 마을을 통틀어도 그날 보든가에서 준비한 것만큼 성대한 야외 만찬은 없었다. 소풍이라고 부른다면 과소평가일 터였다. 커다란 식탁 가장자리에 꼬마들이 만든 예쁜 오크 잎사귀 장식이 붙어 있었다. 우리가 너른 들판의 덤불 울타리에서 꺾은 꽃도 보였고, 꽃과 음식이 어지러이 널려 있던 와중에 아까 장군이 손님의 행렬을 정돈한 것처럼 갑자기 질서정연한 만찬 계획이 확립되었다. 나는 보든가에 전해 내려오는 좋은 취향과 솜씨, 즐겁게 격식을 차리는 재능 같은 것을 높이 사기 시작했다. 무슨 재주인지 그들은 대부분의 시골 사람보다 훨씬 세련된 방식으로 만찬을 치러냈다. 식탁을 쭉 훑어보았더니 넘치는 활기, 기쁨으로 빛나는 진중한 정신, 겸허하고 근엄한 태도를 발견할 수 있었다. 기품을 타고나지 못해 소금에서 먼 자리에 앉아야 하는 사람들도 있었으나 그 수가 많지는 않았다.● 그래서 나는 그들의 조상이 중세 프랑스, 전투와 포위와 행진과 만찬이 예사였던 시절에 유서 깊은

가문의 거대한 연회장에 자리 잡았던 사람들일지도 모른다
고 혼자 생각했다. 목사들과 블래킷 부인은 명성도 나이도 적
지 않았기에 특별석으로 모셔졌는데, 나는 다른 곳으로 한 번
시선을 던져도 결국 블래킷 부인의 얼굴을 두 번 보게 되었다.
자신의 특권과 책임을 유념하되 평온한 얼굴, 이 좋은 날에 그
저 자연스럽게 여왕의 자리에 오른 얼굴이었다.

토드 부인은 나무들의 푸른 윗동아리를 쳐다보다가 유심히
사람들을 관찰했다. "다들 자리에 앉아 있으니 얼굴이 더 잘
보이는구나." 부인이 만족스러운 목소리로 말했다. "저기 나
이 지긋한 분들은 길브레이스 남매야. 우리 옆에 있으면 좋았
을 것을. 주변에 잘 맞는 사람이 없는 모양이야. 실망스러운
얼굴이네."

만찬이 이어지며 내 동행의 기분도 서서히 고조되었다. 토
드 부인은 예상 밖의 성대한 행사가 야기하는 흥분에 섬세하
게 자극받는 성정이었고, 그가 답답하고 지극히 가정적인 사
람처럼 보일 때도 그저 적절한 기회가 없어 잠깐 침체된 것
뿐이었다. 이제는 과거의 추억에서 벗어나 기대에 부풀어 있
었고, 여자아이처럼 기민하고 명랑했다. 주변에 있는 사람들

● 중세에 연회를 열면 긴 탁자에 앉아 만찬을 즐겼는데, 탁자 한끝에 주최자가 앉
   고 가운데에 소금을 둔 채로 중요한 손님일수록 주최자 가까이 좌석을 배정했
   기에 세련되지 못한 손님일수록 소금에서 먼 좌석에 앉게 될 확률이 높았다.

도 명랑함으로 충만했는데, 사실 그의 찬란한 빛이 반사된 것이었다. 내가 인간의 능력을 낭비하는 세상의 면면에 아연해진 것이 그때가 처음은 아니었다. 식물학자가 자연의 낭비에 놀라듯, 발아하지 못하고 죽어버리는 수많은 씨앗과 온갖 사용되지 못한 자원에 놀라듯 아연했다. 사회의 예비력이란 생각하면 생각할수록 대단한 것이었다. 필요한 것은 그저 기회와 자극제였다는 사실을 수많은 보든가 사람들의 얼굴이 보여주고 있었다. 상황이 여의치 않아 훌륭하고 유능한 성정이 포로로서 감옥에 갇혀 있었던 것이다. 가장 화려한 도시 사람들의 모임에서와 마찬가지로 시골 모임에서도 그런 대단한 사람들을 만날 수 있다. 무슨 말을 하든 이야기의 영혼을 고이 간직하고 있다면 이 동네에서든 저 동네에서든 충분히 이해받을 수 있는 것이다.

제19장 만찬이 끝나고

만찬은 이미 말했던 것처럼 성대했다. 우아한 창의력이 파이라는 형태로 표현되어 모두의 마음을 즐겁게 했다. 미국식 파이가 조촐한 선조인 영국식 타르트에 비해 훨씬 훌륭하다는 사실을 안다면, 보든가의 모임에서 그 발명품이 여전히 성공적이라는 사실을 확인하고 기꺼우리라. 재료가 다양해서 즐거울 뿐만 아니라 파이를 감싼 껍질 과자와 표면의 아이싱에 줄 맞춰 날짜와 이름을 새긴 장식은 지금껏 겪어본 것을 훌쩍 넘어선 수준이었다. 함께 나누어 먹은 맛있는 철 이른 애플파이 위에는 더욱 정교한 글씨 장식으로 교훈 같은 것이 줄줄이 적혀 있었다. 토드 부인이 나를 도와 '보든'이라고 적힌 조각을 먹고 혼자서 '모임'이라고 적힌 조각까지 먹고 나자 결국 알아볼 수 없는 부스러기만 남았다. 그러나 식탁 위에 올라온 가장 훌륭한 작품은 단단한 생강 쿠키로 만든 보든 저택 모형이었는데, 창문과 문이 전부 정확한 장소에 있고 진짜 라일락 가지로 집 앞의 덤불까지 재현한 것이었다. 부분부분 반죽해서 남아 있는 대형 벽돌 오븐에 구운 다음 만찬 당일 아침에 조립한 것이 틀림없었다. 만찬이 막바지에 이르러 과자 집을 분해할 때는 여기저기서 한숨이 터져 나왔고, 마치 과자가 맹세나 충심의 상징인 듯 모인 사람 대부분이 자못 진지한 태도로 나누어 먹었다. 나는 과자 집의 제작자를 만나게 되었는데, 그는 생생한 어린 시절 이야기를 들려주었다. 애호가 특유의 빛나는 눈망울과 높은 이상이 깃든 얼굴을 지닌 여자였다.

"케이크 아이싱으로 만들어낼 수도 있었지요." 그가 말했다. "다만 그러면 정확한 색이 아니었을 거예요. 직접 보셔서 알겠지만 이 집은 페인트를 바른 적이 단 한 번도 없거든요. 평범한 생강 쿠키를 써야 색을 가장 정확히 재현할 수 있겠구나 싶었어요. 기대에 딱 들어맞는 건 아니지만." 그는 슬픈 목소리로 과거의 수많은 예술가가 자기 작품을 두고 했던 말을 반복했다.

목사님들의 한 말씀이 이어졌고, 알고 보니 보든가에 역사가가 있어 멋진 가족사를 몇 가지 들려주었다. 그리고 여성 시인이 등장했는데, 빛바랜 화환 같은 시구가 길게 이어지다가 감미롭게 마무리되자 토드 부인은 감성에 잠겨 감응하고 만끽하다가 내 쪽으로 고개를 돌리고 칭찬을 늘어놓았다.

"듣기 좋았네." 너그러운 청자가 말했다. "정말로 낭송이 아주 좋았던 것 같아. 우린 같은 학교에 다닌 사이거든. 메리 애나는 힘든 학창 시절을 보냈어. 문제가 뭐였냐. 그 애 어머니는 자기가 천재를 낳았다고 생각했는데, 메리 애나도 그걸 믿었다는 거지. 어쨌든 메리 애나가 없으면 어쩔 뻔했나. 이 동네부터 저 멀리 록랜드까지 통틀어서 시를 쓸 줄 아는 사람은 또 없다고. 이런 날이면 덕분에 큰 즐거움이 더해지잖아. 메리 애나가 떠난 사람들에 관해 이야기할 때마다 진심이 느껴져. 듣는 사람도 진심으로 느끼게 되지. 하지만 말이 너무 많아. 내가 그 친구라면 다음에는 반쯤 덜어내겠어. 저기 어머니가 메리 애나랑 이야기하러 오시는군. 길브레이스 씨 누이랑 같이. 바로 기운이 샘솟겠네. 엄마가 정확한 칭찬을 해줄 테니까."

오랜 친구들의 작별은 만남만큼이나 애틋했다. 모임에는 청년들도 많았으나 이런 만남의 기회가 얼마나 값진지 진정으로 이해하는 사람은 노인들이었다. 청년들은 매일 습관처럼 친구를 만난다. 이별의 시간이 아직 오지 않은 것이다. 이 나이 지긋한 친척들과 지인들이 서로의 얼굴을 바라보며 즐거워하고 다정하게 맞잡은 손을 쉬 놓지 못하는 모습, 그들의 애정 어린 만남과 내키지 않는 이별을 지켜보고 있자면, 인구가 희박한 고장의 생활에 스며드는 고립이라는 것을 새로이 고민하게 된다. 그들은 조만간 다시 만나게 되리라 기대하지 않았다. 고된 농장 일이 끊이지 않았고, 평소에도 이동하기 어렵지만 특히 겨울에는 배조차 탈 수 없었기에 가족이 전부 모이는 날은 곱절로 귀했다. 이 뾰족한 전나무의 땅에서는 심지어 장례식에도 사회적인 이점과 만족이 있었다. "다음 여름에"라는 말이 여러 번 반복되었다. 아직 여름이 우리 것이고 나뭇잎이 초록임에도.

배가 하나둘 바닷가에서 멀어지고 마차가 바퀴를 굴리기 시작했다. 숲에서 돌아왔을 때 블래킷 부인이 나를 집 안으로 데려갔다. 블래킷 부인의 아버지가 태어나고 자란 집이었고, 부인 역시 할머니와 함께 어린 시절의 상당 부분을 그곳에서 보냈다. 부인은 얼마 지나지 않은 시절인 것처럼 이야기했다. 나는 부인의 눈에 그 집이 옛날과 똑같아 보이리라고 짐작할 수 있었다. 가파른 계단 쪽으로 시선을 들었더니 잇다 만 지붕의 갈색 서까래가 보였지만, 응접실만은 벽의 근사한 나무 패널과 섬세하게 장식된 코니스를 자랑하며 마을의 여느 버젓한 응접실에 뒤지지 않는 모습이었다.

우리는 멀리서 온 손님 몇몇이 남아 있는 응접실로 들어가 주인 부부에게 작별 인사를 전했다. 오늘 하루 너무나 즐거웠다고, 시간이 어떻게 흘렀는지 모르겠다고 들뜬 목소리로 말했다. 어쩌면 최근 국가에서 고집하기 시작한 대규모의 국경일 때문일까. 여기저기서 벌어지는 군인회 때문일까. 온갖 종류의 모임이 유행했다. 그러나 적어도 오늘만큼은 아주 흥미로웠다. 나는 사람들이 해묵은 악감정을 뒤로하고 피는 물보다 진하다는 오래된 말의 진실성을 다시금 증명했다고 생각했다. 모인 사람의 성씨가 다양한 만큼 그들이 공유하는 보든가만의 형질과 재산 같은 것은 없다고 주장할 사람도 있을지 모르겠다. 그러나 가족성이란 마음의 본능이다. 생득권이나 관습 이상이고, 공동의 유산에 사소한 권리는 가려지기도 한다.

가장 느지막이 자기 본래의 삶과 집으로 돌아간 손님 중에 우리도 있었다. 나는 진정 보든가의 일원이 된 기분이었고, 새로 사귄 친구와 헤어지는데도 오랜 친구를 대하는 느낌이 들었다. 우리는 새로운 추억이라는 보물로 넉넉해졌다.

마침내 높다란 마차에 다시금 올라탔다. 늙은 흰말은 보든가 헛간에서 풀을 잘 먹어 배부른 상태였고, 길을 떠난 우리는 곧 숲이 우거진 절벽을 향해 긴 언덕길을 오르기 시작했다. 항상 그렇듯 나는 돌아가는 길이 새롭게 느껴졌다. 모임을 함께한 대부분 사람들은 집을 생각하며 조바심을 냈으나 (소가 걱정스러웠고 아이들이 사고를 칠까 걱정스러웠다) 우리는 서두를 이유가 없었으므로 마차를 천천히 몰며 가는 내내 떠들고 쉬었다. 한번은 토드 부인이 먼지가 들어올 수 있으니 누구든 현관문을 닫아주었기를 바라지만 딱히 신경에 거슬리는 중한 일은 없다고 말했다. 다만 작은 다락방에 신문지를 깔고 건조 중인 철 지난 우단담배풀 잎사귀 몇 장을 꼭 뒤집어줘야 한다고 덧붙였다. 블래킷 부인과 나는 이 중요한 임무를 다시 상기하겠다고 굳게 약속했다. 할 이야기가 정말이지 많아 돌아가는 길이 짧게 느껴졌다. 우리는 너른 만과 섬들이 보이는 언덕 위로 올라갔다가 그늘진 계곡으로 내려갔고, 물기 머금은 양치식물의 내음으로 촉촉하고 시원한 공기 덕에 저녁이 시작된 기분이었다. 한두 번쯤 토드 부인은 한사코 도움을 거부하며 마차에서 내려 웬 희귀한 덤불의 가지를 꺾었는데, 껍데기가 좋다고 했으나 왜 좋은지 설명해주지는 않았다. 우리는 그날 일찍이 도넛을 나눠주었던 친절한 집을 지나치다가 문이 닫힌 채로 인적이 없는 것을 보고 실망했다.

"어디 다른 곳에 들러서 차나 마시면서 오늘을 마무리하자고 생각한 모양이군." 토드 부인이 말했다. "가장 멋지게 즐긴 사람들은 바로 집으로 돌아가서 오늘 하루를 곱씹고 싶을걸."

"그러고 보니 모임에서 그 여자를 못 봤네. 너희는 봤니?" 말이 물을 마시려고 여물통 앞에 멈춰 서자 블래킷 부인이 물었다.

"아, 봤지. 이야기도 했어." 토드 부인이 말했다. 다만 흥미로워하거나 긍정적인 기색은 거의 보이지 않았다. "우리 핏줄이 아니야."

"이마가 사촌 팔리나 보든을 닮았다고 네가 그랬잖아." 블래킷 부인이 말했다.

"어쨌든 우리 핏줄은 아니라고." 토드 부인이 발칵 대꾸했다. "내가 가족을 못 알아보는 사람은 아닌데, 보아하니 모임

에 아는 사람이 많은 것 같지 않더라고. 그래서 대놓고 물었
지. '얼굴을 보니까 보든가 사람인 것 같은데요.' 내가 말했어.
'맞아요, 보든가 일원일 것 같은데.' '세상에, 아니에요.' 그 여
자가 그러더라. '처녀 때 이름은 데넷인데, 첫 남편이 보든가
사람이었지요. 무슨 모임인지 궁금해서 들른 거예요!"

블래킷 부인이 순수한 웃음을 터뜨렸다. "그 이야기 윌리엄
에게 꼭 해줘야겠다." 부인이 말했다. "그래, 앨미라, 오늘 내
게 속상한 일이라곤 딱 하나뿐이다. 윌리엄이 왔으면 좋아했
겠다 싶어서. 윌리엄이 왔으면 얼마나 좋았을까."

"나도 그랬으면 좋았겠다고 생각해요." 토드 부인이 솔직하
게 말했다.

"왜인지 나이 든 친구들이 많지 않았어." 블래킷 부인의 목
소리에 슬픈 기색이 묻어났다. "전처럼 올 사람이 많은 건 아
니지. 나도 알아. 하지만 이것보다는 많을 줄 알았는데."

"그래도 난 꽤 많이 왔다고 생각하는데. 잘 생각해봐요. 정
말이야. 다들 그런 이야기를 하며 감사한 마음이었다고." 토
드 부인이 귀엽게도 별다른 생각 없이 곧장 대꾸했다. 그때
내 눈에 토드 부인의 뺨이 금세 빨갛게 달아오르는 모습이
보였고, 곧 부인은 변명하며 고개를 돌렸다가 불안한 눈으로
어머니 쪽을 흘긋 훔쳐보았다. 블래킷 부인은 조금 피곤해 보
였지만 미소를 머금은 채로 행복했던 하루를 곱씹고 있었다.
내 옆의 두 사람 모두 세월의 무게에 짓눌리지 않았다. 나는

마음속으로 나 자신이 나이가 들며 그들과 닮아갈 수 있기를 빌다가 나 역시 그다지 젊지는 않다는 사실을 깨닫고 미소 지었다. 그러니 우리는 줄곧 같은 마음으로 살 것이다. 외양은 바스러지고 세월의 흔적을 내보일지라도.

"사람들이 찬송가 부를 때 듣기 좋지 않던?" 저녁 시간에 블래킷 부인이 순수하게 들뜬 목소리로 물었다. "남자들 목소리가 참 많이 들리더라. 내 자리에서는 노랫소리가 정말 아름답던걸. 마지막 구절을 부를 때는 가만히 귀 기울이고 말았지."

나는 토드 부인의 넓은 어깨가 움찔거리는 것을 보았다. "잘 부르는 사람도 있기는 했지. 맞아, 괜찮은 사람도 있었어." 부인은 찻잔을 내려놓으며 진심 어린 동의를 표현했다. "다만 내 귀에는 그레이트 베이에서 온 피터 보든 부인 목소리가 들렸거든. 부인이 음정에서 벗어난 만큼 먼 곳에서 왔다면 오늘 안으로 집에 돌아가기는 글렀다는 생각이 들던데."

제20장 바닷가 따라 걷다가

어느 날 나는 오래된 부두와 비교적 새것인 증기선 선창으로 이어지는 높은 계단 너머 바닷가를 따라 걷다가 물살은 느긋하고 배는 전부 묶여 있는 완연한 이른 오후의 풍경을 마주했다. 아무런 사건도 없었다. 어망에 미끼를 놓거나 그물을 고치거나 바닷가재 잡는 통발을 손보는 등 느슨한 작업을 하는 사람도 없었다. 배조차 햇살 아래서 오후의 낮잠을 즐기는 듯했다. 바다 멀리 내다봐도 돛 하나 눈에 띄지 않고 풍랑에 해어진 작은 바닷가재 고깃배뿐이었는데, 만 여기저기로 부는 가벼운 바람이 가지고 노는 장난감처럼 보였다. 번트 아일랜드 쪽 너른 바다에서 목적지도 없이 이리저리 뒤척이며 부유하기에 나는 키잡이가 없거나 모두가 잠든 사이 배가 녹슨 닻의 사슬을 풀고 도망한 것이라고 짐작했다.

일이 분쯤 배를 지켜보았다. 낡은 배는 캐플린가 사람들 소유인 미랜더였는데, 때 묻은 큰 돛 꼭대기에 이상한 모양으로 기워놓은 비교적 뽀얀 돛천을 보고 알아볼 수 있었다. 미랜더의 괴상한 면은 정말이지 흥미진진한 대화 주제였기에 나는 뒤에서 들려온 거친 목소리에 가슴이 두근거리기 시작했다. 바로 그때, 대답할 겨를도 없이 형체를 알아볼 수 없는 거대한 무언가가 미랜더의 갑판에서 튀어나와 검은색 옆면으로 떨어져 높은 물보라를 일으켰고, 내 옆에서 만족스러운 웃음소리가 들렸다. 낡은 바닷가재 고깃배의 돛은 바로 이때 산들바람과 재회해 바다 저쪽으로 나아갔다. 뒤를 돌아본 나는 나이 지긋한 일라이자 틸리, 마치 굴 밖으로 솟아나듯 어두침침한 생선 가게에서 조용히 밖으로 나온 그를 발견했다.

"배를 몰다가 나른해진 모양이네. 먼로는 배 타는 걸 좋아하는 놈이지요. 이제 잠이 확 깼겠어." 틸리 씨가 설명했고, 우리는 함께 웃었다.

바위가 울퉁불퉁한 뱃길에서 미랜더의 곡절과 위험했던 상황 덕분에 이제껏 한 번도 말을 섞어보지 못한 나이 든 고기잡이와 아는 사이가 될 기회를 얻었으니 나로서는 기쁜 일이었다. 처음에 그는 속을 알 수 없고 같이 있으면 불편한 부류 같았고, 타인을 너무나 의심하는 나머지 상대도 덩달아 스스로를 의심하게 만드는 사람으로 보였다. 일라이자 틸리 씨는 경멸 섞인 무관심으로 이방인을 대하는 듯했다. 몽돌 해변이나 생선 가게 문간에 서 있는 모습을 볼 때도 있었으나 가까이 다가가면 사라지고 없었다. 그는 골격이 크고 마른 노인들로 이루어진 소수 정예 뱃사람 중 한 명으로, 과거에는 짐을 가득 실은 뱃머리에 서서 한 필의 말처럼 배를 다루며 물가에서 몽돌 해변의 가파른 언덕까지 몰고 가곤 했다. 더닛랜딩에는 이렇게 덩치 크고 나이 지긋한 뱃사람이 넷이었는데, 오래전 더 생기 넘치던 시절을 몸소 겪은 이들이었다. 그들 사이에 존재하는 동맹과 이해는 너무나도 끈끈해서 군말 따위 필요하지 않은 모양이었다. 그들은 서로의 배가 나가고 들어올 때 오랜 시간을 들여 살펴주었다. 날씨가 나쁜 날에는 선뜻 나서 서로의 바닷가재 그물을 손봐주기도 했다. 끈끈한 동업자로서 생선을 씻거나 작은 물고기를 잘라 어망에 미끼로 매다는 작업을 도왔다. 그리고 바다 멀리서 고기를 잡고 돌아오는 배가 있으면 옆에 바투 붙어 바닷가에 배를 댈 수 있도록 도왔는데, 둘씩 짝지어 나란히 물보라를 일으키거나 줄곧 뱃머리를 맞붙인 채 뭍으로 오는 모양새가 꼭 제멋대로 날뛰는 수망아지를 길들이는 것 같았다. 사실 그들의 즉각적인 지시와 동행이 있는데 안정적으로 배의 방향을 유지하지 못할 배는 없었다. 에이블의 배와 조녀선 보든의 배는 선장만큼이나 독특하고 능숙했으며, 그만큼 과묵했다. 이 오랜 친구들이 나누는 대화에는 주장이나 의견 같은 것이 일절 없었다. 보든 씨나 일라이자 틸리, 또 다른 친구 둘이 사사로운 소문에 숨을 낭비하는 것보다는 코끼리 한 무리가 한담 나누는 광경을 보기 쉬울 터였다. 그들은 때때로 서로에게 짤막하게 한마디씩 던질 뿐이었다. 제대로 된 대화를 나눌 때가 있기는 한지, 알고 지낼수록 더욱 궁금해지는 사람들이었다. 말하기를 가볍고 우아한 성취로 선보였으며, 그들에게 친숙한 언어의 기술이란 범인에게 익숙하지 않은 것이라 듣는 사람은 말하기의 새로운 가치를 알게 되었다. 마치 이름난 소나무가 갑자기 날씨에 관해 말을 걸어오는 듯, 서커스 천막 밑 늙은 낙타 옆에 조심스럽게 서 있는데 그 고매한 짐승이 말을 걸어오는 듯 느껴졌다.

나는 종종 이 나이 지긋한 자족적 뱃사람들의 내면세계와 생각이 몹시 궁금해졌다. 그들의 정신은 정치나 신학 같은 인간의 부자연스러운 장치보다는 자연이나 비바람에 집중하는 듯했다. 나의 친구 보든 선장은 이 뱃사람 중 최연장자의 조카였고 공경하는 마음으로 이들을 대했다. 하지만 그 역시 이 은밀한 동지애의 일원은 아니었다. 젊지도 수다스럽지도 않았음에도.

"어린아이였을 때부터 함께한 사이거든요. 자기들끼리 바다에 관해 배울 건 다 배워서 알고 있겠지요." 보든 선장이 언젠가 말했다. "그 영감님들은 우리가 기억하는 한 항상 지금 같은 모습이었어요."

이 한없이 늙은 뱃사람들의 집과 땅은 겉으로 보기에는 다른 더닛 랜딩 주민들의 형편과 다를 것이 없고 그중 가정을 꾸린 아버지도 둘이나 됐지만 그들의 진정한 거주지는 바다요, 가장자리를 따라 돌이 자박자박한 익숙한 바닷가, 통에 담긴 고등어에서 소금물이 잔뜩 배어 나와 목재가 지워지지 않는 갈색으로 물든 생선 가게였다. 바닷물이 나이 든 고기잡이들의 안색까지 억세게 물들인 탓에 사신이 기어코 그들을 데리러 왔을 때조차 죽음에 도움이 필요하리라, 가느다란 현대식 화살 따위로는 무리고 17세기 나무로 만든 굳건하고 힘 좋은 작살 같은 것이 필요하리라 상상하게 되었다.

일라이자 틸리는 은근히 좌절감이 느껴지는 데다가 정말이지 속내를 알 수 없는 얼굴이고 머리를 무겁게 숙인 구부정한 자세 탓에 상대가 얼굴을 제대로 볼 수도 없었으므로, 그가 친근하게 바닷가재 고깃배 선장이자 잠 많은 소년인 먼로 페널에 관해 말을 걸어온 후에도 나는 즉각 대꾸할 용기를 내지 못했다. 틸리 씨는 한 손에 든 작은 해덕이 내 치맛자락에 닿을 듯하자 곧바로 물고기를 반대쪽 손으로 옮겼다. 나는 옆에 있어도 된다는 뜻임을 알아차렸고, 우리는 잠시 나란히 걷게 되었다.

"맛있는 저녁을 드실 결심이군요." 나는 친근함을 표현하기 위해 용기 내 말했다.

"여기 이 해덕과 제 특제 구운 감자를 먹으려고요. 살려면 먹어야 하는 법이니." 옆에 선 그의 답변에서 넉넉한 호의와 열린 긍정의 마음이 느껴졌다. 문득 나는 음산한 바닷가를 벗어나 평온하고 조붓한 우정의 항구에 다다른 느낌이었다.

"우리 집에 오신 적 없죠." 그가 말했다. "전처럼 사람들이 많이 찾지 않아요. 요즘에는 초대하는 것도 좀 그렇고. 우리 가여운 아내는 젊은 사람들을 쉬이 들이곤 했는데."

언젠가 토드 부인이 이 나이 든 뱃사람은 아내가 죽은 뒤 그 비통함에서 헤어 나오지 못한다고 말했던 것이 기억났다.

"한번 찾아뵙고 싶어요." 내가 말했다. "이따가 집에 혼자 계시려나요?"

틸리 씨는 단 한 번의 단호한 끄덕임으로 제안에 동의한 뒤 굽은 어깨와 구르는 듯한 걸음으로 줄곧 걸어 나갔다. 낡은 조끼는 어깨가 새로 덧대 있는데 만에서 보았던 미랜더의 수선된 큰 돛과 통하는 구석이 있었고, 나는 틸리 씨가 뱃일 탓에 무뎌진 손가락으로 직접 바느질을 했을지 궁금해졌다.

"오늘 고기잡이는 괜찮았나요?" 내가 잠시 멈춰 섰다가 물었다. "저는 배들이 들어올 때 마침 바닷가에 없던 참이라."

"아뇨, 죄다 변변찮았네요." 틸리 씨가 답했다. "애딕스와 보든이 가장 성과가 좋았고, 에이블과 난 얼마 못 잡았어요. 일찍 나가기는 했는데 또 그렇게 이른 것도 아니어서. 한심한 아침이었던 모양새군요. 해덕 아홉 마리를 잡았는데 전부 쪼그맣고, 대구는 일곱 마리 잡았어요. 다른 녀석들은 해덕 말고 대구를 더 많이 잡았네요. 뭐, 고기들도 매일 미끼를 물고 싶진 않겠죠. 뱃일하다보면 물고기들 비위도 좀 맞춰주고, 알아서 하게끔 내버려두는 법도 배워요. 고기들도 성가신 돔발상어들 때문에 힘들 테잖아요." 틸리 씨는 자신이 어장에 있는 해덕과 대구의 진정한 친구라고 생각하는 듯 깊은 연민을 담아 마지막 문장을 힘주어 말했고, 우리는 헤어졌다.

나는 그날 오후 느지막이 다시 바닷가를 따라 걷다가 틸리 씨의 사유지 끝자락에 도착했고, 자갈밭과 돌밭 가운데 울퉁불퉁한 길을 찾아내 들판 가장자리까지 갔다. 낡은 난파선에서 나무못 가득한 채로 떨어져 나온 무거운 나무토막이 뼈를 닮은 모양새로 버티고 있었다. 여기서부터 한 사람이 걷기에도 좁은 오솔길을 따라 작은 초록빛 들판을 가로질렀는데, 저편의 집과 도로 너머 가파른 언덕 오르막으로 기울어지는 드문드문한 목초지를 제외하면 이 작은 들판이 틸리 씨의 사유지 전부였다. 가문비나무 숲속 어딘가에서 젖소 목에 달린 종이 딸랑거리는 소리가 들렸고, 사방의 숲 안쪽에 소들이 밟고 뜯은 목초지가 보였다. 숲은 얼마 전까지 조림지라고 불렸을 법했지만 손을 탄 흔적은 없었다. 울타리 안에 덤불이나 찔레 한 그루 보이지 않았고, 길 잃은 조약돌 한 알도 찾아볼 수 없었다. 단단한 절벽의 땅, 여기저기 돌투성이라 모두 머리를 맞대고 온갖 방법을 시도했으나 제대로 된 정비 작업은 시작조차 못 한 땅에서 그런 풍경은 정말이지 놀라웠다. 이 좁은 들판에는 땅딸막한 말뚝이 몇 개 박혀 있었는데, 감자밭이 있는 언덕 풀밭에 마구잡이로 꽂힌 듯했으나 아담한 집과 색깔을 맞춰 노란색과 흰색으로 공들여 칠한 모습이었다. 집은 깔끔하고 모서리가 날렵한 것이, 주인에 비해 기이하게 현대적인 분위기가 감돌았다. 틸리 씨보다는 더닛 랜딩의 세련된 달걀 도매상 청년이 사는 집이라고 해야 믿음이 갈 것 같았다. 집이란 사는 사람의 몸보다 큰 두 번째 몸과 같아서 그의 천성과 성정을 표현하기 때문이다.

나는 들판을 올라 평탄한 오솔길을 따라 집 옆문으로 갔다. 앞문으로 가려니 괜히 거창하게 느껴진 것이다. 높은 돌계단에 훌쩍한 풀이 바투 붙어 자라고 그 위에 인동이 비스듬히 기대고 있었는데, 맨 위에는 나팔꽃 덩굴이 무성하고 무거워 문고리 주변으로는 과연 고기잡이들이 반 매듭●이라고 부를 만한 모양새였다. 일라이자 틸리가 옆문으로 와서 나를 맞아주었다. 한눈팔며 파란 털실 타이츠를 뜨고 있었고, 도자기 단추가 달린 파란색 도톰한 플란넬 셔츠와 빛이 바랜 조끼, 무릎에 천을 두껍게 덧댄 바지로 날씨에 맞는 옷차림이었다. 고기 잡으러 갈 때 입는 옷이 아니었다. 내 손을 맞잡은 그의 손이 달가웠다. 따뜻하고 깨끗한 것이, 차가운 바닷물이나 미끈미끈한 생선 말고 포근한 울 털실만 만져본 손 같았다.

"저 아래 들판에 있는 색칠한 말뚝은 뭔가요?" 내가 급하게

● 고리나 기둥 등을 밧줄로 휘감아 단단히 동여매는 매듭.

물었다. 그는 길을 따라 한두 걸음 나와서 살펴보았는데, 자기 집 앞의 말뚝을 주의 깊게 본 것이 난생처음이라는 듯 생경한 시선이었다.

"내가 처음 이 집을 사서 살겠다고 이사했을 때 사람들은 비웃었어요." 그가 설명했다. "벌판이 앞에 있어도 이점이 아니라면서. 전부 돌투성이라 농사도 못 짓는다고. 난 좋은 땅인 걸 알고 노력했지요. 달리 할 일이 없던 이상한 시절이라 깊이 박히지 않은 돌들은 전부 파냈어요. 이보다 말끔한 땅은 본 적 없을걸. 보셨으려나? 색칠한 말뚝은 내 부표지요. 잘 보이지 않는 바위가 박힌 곳에 쟁기질했다가는 날이 갈릴 테니, 보시다시피 바위에 말뚝을 매달아놓은 거예요. 내 눈에는 거슬리지 않아서 없는 거나 마찬가지인데."

"괜히 뱃사람이 아니네요." 내가 웃으며 말했다.

"한 가지 일을 하면 다른 일에도 도움이 되지요." 일라이자가 친근한 미소를 짓고 말했다. "어서 들어와서 앉아요. 들어와서 편히 있어요." 그가 큰 소리로 말하고는 안락한 부엌 안으로 안내했다. 저 멀리 창문 두 개를 통해 햇살이 한껏 내리쬐었고, 그 가운데에 있는 식탁 위에 고양이 한 마리가 깊이 잠들어 웅크리고 있었다. 바닥에 새것인 듯한 얇은 타일 패턴 기름걸레가 있었고, 혼자 사는 집에서 쓰기에는 커 보이는 도자기 찻주전자가 활활 타오르는 난로 위에 놓여 있었다. 나는 용기를 내서 아주 솜씨 좋은 주부가 있는 것 같다고 말했다.

"바로 나예요." 나이 든 뱃사람이 소탈하게 털어놓았다. "여기에 나 말고는 안 삽니다. 가여운 아내가 떠난 뒤에도 집 안을 똑같이 유지하려고 애써요. 여기 이 의자에 앉아서 내다보면 바다가 보이지요. 다들 나 혼자서는 잘 살지 못할 거라고, 정말이지 힘들 거라고 했는데, 난 집이 온통 뒤죽박죽 딴판이 되는 건 용납할 수 없었거든. 아니, 다른 사람 좋으라고 그런 게 아니었지요. 그 사람이, 가여운 아내가 정확히 어떤 방식으로 집 안을 즐겨 꾸몄는지 아는 사람은 나뿐이었고, 난 최선을 다해 살림을 꾸려보자고 다짐해서 실제로 최선을 다했답니다. 혼자서 꿋꿋하게 살아가는 쪽이 좋아서." 그리고 그는 무거운 한숨을 내쉬었다. 그에게 한숨은 익숙한 위안인 것 같았다.

잠시 우리 둘 다 아무 말 없이 가만히 앉아 있었다. 노인은 내가 옆에 있다는 사실을 잊은 듯 창밖을 내다보았다.

"몹시 그리우시겠어요?" 내가 마침내 입을 열었다.

"아주 그립답니다." 그가 대답하고는 또 한숨을 쉬었다. "다들 시간이 지나면 괜찮아진다는 말만 반복했는데, 나는 도통 그러지 않던걸. 전혀 안 그래. 매일 똑같이 그리워요."

"돌아가시고 얼마나 됐나요?" 내가 물었다.

"10월 첫날이면 여덟 해. 벌써 그렇게 오래됐군. 봄가을이면, 또 내가 부를 때마다 잠깐씩 들르는 누이가 있지요. 난 바느질보다는 뜨개질에 능숙한 사람이고, 누이는 무엇이든 쏜

살같이 고칠 줄 알아서. 결혼해서 자기 가정이 있어요. 아들 네 식구가 같이 살기 때문에 나한테 시간을 많이 써달랠 수가 없지. 그래도 내가 불러내면 누이는 그 핑계로 조금 숨이 트여요. 아주 편하게 살지는 못하거든. 가여운 아내가 늘 누이를 아꼈고, 다 같이 어찌어찌 용케 살아나갔지. 혼자 사는 게 쉽기는 훨씬 쉽습니다. 여기 앉아서 옛날 생각을 해요. 날씨가 안 좋아서 밖에 나가지 못하는 날에는 특히 많이 하고. 때로는 당장이라도 우리 가여운 아내가 이 부엌으로 들어올 것만 같은 날이 있어요. 어느 문으로든 들어올 것만 같아서 여기저기 바라보게 되지요. 네, 선생님, 자꾸 저쪽을 보다가 뜨갯감을 놓치고 말아요. 정말 나타날 것만 같아서. 아내가 없다는 걸 잊고 산다니, 그렇게 살 방법도 가능성도 난 몰라요. 네, 선생님, 나로서는 정말 그렇습니다."

나는 아무 말도 하지 않았고, 그도 고개를 들지 않았다.

"때로는 감정이 너무 격해져서 다 놔버리고 문을 박차고 나가지요. 아내는 평생 다정하고 예쁜 사람이었어요." 노인이 슬픔에 잠겨 덧붙였다. "저기 저 작은 흔들의자가 눈에 들어오면, 아내는 떠나버렸는데 아내의 의자는 줄곧 같은 자리를 지키고 있다는 게 얼마나 이상하게 느껴지는지."

"만나봤다면 좋았겠어요. 언젠가 토드 부인이 그분에 관해 이야기해줬는데." 내가 말했다.

"즐겨 우리 집에 와서 아내를 만나셨을 겁니다. 다들 그랬지요." 가여운 일라이자가 말했다. "아내는 온갖 이야기 듣기를, 열의 있는 새로운 친구 만나기를 어찌나 좋아했는지. 사람들을 즐겁게 해주는 재능이 있던 사람이지요. 아마 앨미리 토드는 아내가 예뻤다고, 젊었을 때 특히 예뻤다고 말했을 거예요. 나이 들어서도 변함없이 예뻐서 아주 보기 좋았어요. 그래, 그다지 대단한 일은 아닙니다. 나도 오래지 않아 다 정리하게 되겠죠. 과연 물고기들 괴롭힐 날도 얼마 남지 않았어요."

아내를 잃은 노인은 서둘러 세월의 실을 단축하려는 듯 뜨갯감 위로 고개를 숙이고 앉았다. 일분일초가 천천히 지나갔다. 그는 뜨개질을 멈추고 손을 단단히 맞잡았다. 손님의 존재를 잊어버린 듯했고, 나는 그와 함께 오후의 풍경을 바라보았다. 마침내 그는 영원한 외로움 속에서 겨우 한순간을 흘려보낸 듯한 얼굴로 고개를 들었다.

"그래요, 선생님. 난 괴로움을 아는 사람입니다." 그가 말하고는 뜨개질을 시작했다.

세심한 살림으로 완성한 헌정의 풍경, 한때는 아내를, 이제는 아내의 기억을 품고 있는 깨끗하고 밝은 제단이 내게는 몹시 감동적이었다. 그는 아내 말고 그 누구에게도, 이 집 말고 그 어떤 공간에도 관심이 없었다. 내 눈앞에 부인의 모습이 어른거리기 시작했다. 섬세한 외모의 연약하고 자그마한 여자, 남편의 강한 기운과 애틋한 마음에 기대는 여자, 내 앞에 있는 창문 너머로 줄곧 남편의 배를 살피는 여자, 그가 돌아오면 항상 문을 열고 맞아주는 여자.

"전에는 가여운 아내를 비웃고는 했어요." 일라이자가 내 생각을 읽은 듯이 말했다. "여린 속으로 걱정하는 걸 가볍게 생각했지요. 내가 날씨 궂은 날 바다에 나가거나 어떻게 뭍으로 돌아와야 하나 고민할 때면 어찌나 걱정하던지. 시간이 참 길게 느껴진다고 말하곤 했는데, 그 말이 무슨 뜻인지 난 이제야 알겠네. 젊어서 고기가 잘 잡히던 시절에 난 끔찍이도 무심했지요. 시간이 늦도록 바다에 머무르던 날도 있었는데, 그런 날이면 아내는 바다를 보고 또 보며 아픈 가슴으로 기다렸겠지. 이젠 내 가슴이 아파! 저녁을 잔뜩 차려놓고, 저 문간에 서서 지켜보며 춥지는 않은지 궁금해했겠지. 들판을 올라오는 내가 보이면 무슨 일이 있었는지 들으려고 기다렸어요. 맙소사, 그런 작은 것들이 모조리 떠오른다니까!"

"이쪽이 아내가 가장 좋은 방, 응접실이라고 부르던 곳이에요." 그가 뜨갯감을 식탁 위에 올려놓고 나를 안내해 앞문을 지나며 말했다. 자부심이 느껴지는 태도로 잠겨 있던 문을 활짝 열었다. 내게 응접실은 부엌보다 훨씬 슬프고 공허하게 느껴졌다. 소박한 공간으로서 산뜻하고 완전할 수 있었으나 지나친 야망 때문에 실패한 관습적인 공간이었다. 이 작은 응접실을 꾸미기 위해 요구되었을 꾸준한 저축과 개념적인 사회 존중을 상기했을 때만 흥미로울 수 있는 공간이었다. 나는 전부 상상할 수 있었다. 응접실에 놓을 무언가를 구매하고 의기

양양한 하루, 번화한 이웃 마을의 당황스러운 상점, 바라는 것이 많은 긴장한 여자, 뱃일로 그을린 몸에 가장 좋은 옷을 차려입은 서툰 남자, 기쁨을 느끼고 싶어 안달이 났으나 다시 자신의 배로 돌아온 후에야 비로소 편안해진 그들, 소중한 짐을 싣고 만을 따라 흘러가는 그들, 모은 돈을 전부 써버리고 이제는 키와 돛밖에 없는 머릿속. 나는 해진 곳 없는 카펫과 벽난로 선반 위의 유리병, 그 속의 잘 다듬은 희끗희끗한 늪지대 풀 다발과 먼지 앉은 습지 로즈메리를 바라보았고, 틸리 부인의 응접실이 지나온 역사를 그 시작부터 읽어낼 수 있었다.

 "아내의 러그 짜는 솜씨가 얼마나 좋은지 직접 봐서 아시겠지요. 이제 아내가 극진히 아끼던 가장 좋은 다기를 보여드릴게요." 주인이 얇은 찬장 문을 열며 말했다. "진짜 도자기랍니다. 여기 두 칸에 있는 것 전부." 그가 자랑스럽게 말했다. "전부 내가 직접 사들인 거예요. 신혼이었을 때 보르도 항구에서 샀지요. 단 한 점도 깨뜨리지 않았는데, 그러다가……. 아니, 아내가 살아 있을 때는 단 한 점도 깨진 것이 없었다고 말하곤 했는데, 나중에는 그 말을 할 때마다 조금 불편해하는 것 같기에 내가 으스대는 꼴이 싫어서 그런가보다 했거든요. 아내 장례식 때 문상객들이 저녁을 먹으러 와서 그 도자기를 써도 되냐고 묻기에 아내라면 무엇이든 근사하기를 원했으리라는 것을 알아서 그러라고 했어요. 그런데 여자들 몇몇이 도자기를 내리다 말고 달려와서 날 부르더니 잔 하나가 깨졌다고, 깨진 조각을 종이에 싸서 선반 한구석에 밀어놓았다며 보여주더라고. 자기들이 깨먹었다고 생각할까 걱정스러워서 알려준 거지. 가여운 사람! 난 그걸 보고 집 밖으로 뛰쳐나왔어요. 어떻게 된 건지 바로 알겠던걸. 내가 처음 사 왔던 구성이 그대로 남아 있다고 하도 자랑질을 하는 바람에 아내가 어쩌다가 컵을 깨고서도 나한테 어떻게 말해야 할지 몰랐던 거예요. 내가 화를 낼까봐 그런 게 아니라 자기 자존심이 다쳐서 그랬겠지. 우리 사이에 비밀이라고는 그것뿐이었을 거예요."

발랄한 분홍과 파랑 나뭇가지가 그려진 프랑스제 찻잔, 가장 좋은 텀블러, 낡은 꽃무늬 그릇과 차통, 옻칠한 작은 쟁반 한두 개가 선반을 장식했다. 다기와 작은 탑처럼 쌓인 은판사진이 찬장을 차지하고 있었고, 나는 그것들을 살펴보는 내 안의 지극한 기쁨을 의식했다. 최근 여러 집을 다녔는데, 그곳들의 재미 요소는 이보다 복잡할지언정 확실하지는 않았다.

"저게 아내가 가진 가장 좋은 물건들이었어요, 가여운 사람." 일라이자가 다시 문을 잠그며 말했다. "아내가 돌아가기 전 여름에 그러더라고. 더는 바랄 게 없다고, 집에 모든 게 있다고, 방마다 예쁘게 꾸며놨다고. 항구에 가는 길이라 필요한 게 있는지 물어봤던 참이었거든요. 값이 많든 적든 원하는 게 있으면 말하라고 하곤 했어요. 아내는 아주 합리적인 사람이었고, 딱히 필요하지 않은 걸 살 때는 대부분 그곳을 이용했지요. 그렇게 만족감을 표하니까 조금 이상하던데요."

"크리스마스 지난 다음에는 고기 잡으러 안 나가시나요?"
환한 부엌으로 돌아오는 길에 내가 물었다.

"안 나가요. 1월이 되면 줄곧 뜨개질만 한답니다." 나이 든
뱃사람이 말했다. "굳이 그럴 필요가 없어요. 고기들이 깊은
바다로 들어가버려서 고생해봤자 잡아들이는 게 넉넉지 않
아요. 날씨가 좋으면 으슥한 만에 덫을 몇 개 놔두고 바닷가
재를 조금 잡지요. 젊은이 중에는 용기를 내는 친구들도 몇몇
있더라고. 하지만 나는 여기 따뜻한 곳에 겨울 침구를 깔고
앉아 뜨개질하며 편안하게 지내는 쪽이 좋습니다. 어렸을 때
어머니한테 배운 거예요. 어머니가 뜨개질을 굉장히 잘했거
든요. 내가 무릎이 안 좋아서 병상 생활을 한 적이 있는데 어
머니가 시간 때우기도 좋고 자기 일도 거들 수 있다며 권했지
요. 우리는 대가족이었던지라. 애딕스 상점에서는 우리 동네
사람들이 뜨개질한 게 모조리 매진이에요. 더닛의 타이츠는
심지어 저기 보스턴에서도 잘 팔릴 거라던데. 울 품질도 좋고
뜨개질도 깔끔하고 질이 좋다고. 다들 나보고 그물질하기에
는 손이 곱다고 했지. 그런데 어망은 전부 손으로 짜서 만들
었던 옛날에 비해 값이 많이 싸졌어요. 난 봄이 오기 훨씬 전
부터 그물질을 시작하고 어망이니 낚싯줄을 수선하고 고기잡
이 도구를 손보지요. 바닷가재 통발도 살펴봐야 하지만, 헛간
이 따뜻해지는 봄날이 와야 건드리게 되네요. 그래요, 난 아

무것도 안 하고 가만히 앉아 있는 부류는 아니랍니다."

"러그 보이죠. 가여운 아내가 만들었어요. 뜨개질에는 딱히 취미가 없었답니다." 일라이자가 코를 세더니 이야기를 이어 갔다. "우리 집 러그가 닳기 시작했는데 나는 여자들처럼 잘 만들지는 못하겠더라고. 누이가 고쳐주고 있어요. 지난번에 우리 집에 와서는 러그가 나보다 오래갈 거라던데요."

"오래된 러그가 가장 예쁜 법이에요." 내가 말했다.

"땋아 만든 러그를 말하는 건 아니지요?" 틸리 씨가 답했다. "우리 집 러그는 대부분 땋아 만든 건데, 이런 건 처음 만들었을 때가 가장 예쁘거든. 가여운 아내는 이런 러그가 있으면 바닥이 아늑해진다고 했는데. 나는 집 안이 갑판인 것처럼 발을 질질 끌고 다녔어요. 러그 *끄트머리*에 꼬아놓은 부분을 자근자근 밟기도 하고. 아내와 나는 항상 어린아이들처럼 농담을 시시덕거렸지요. 다른 사람들은 우리한테 그런 면이 있는지 몰랐을 거야. 아내는 예의 바른 사람이었지만 내가 보기에는 그렇게 웃긴 사람이 없었거든요. 겨울 저녁에 우리끼리 앉아 있을 때면 사람들이 말하는 방식을 그럴싸하게 따라 해서 그 사람들이 옆에 있는 것 같았다니까요. 그랬지. 그랬어!"

보아하니 또 코를 놓쳤는지 그가 으르렁대며 서투른 손가락에 파란 실을 감는 모습이 보였다. 마치 대구잡이 낚싯줄을 다루듯 실을 만지고 팔을 쭉 뻗어 내치고는 참을성 없이 얼굴을 찌푸렸지만, 그의 볼을 타고 반짝이는 눈물이 보였다.

시간이 늦었으니 가야겠다고 말하고는 또 들러도 되겠냐고, 언제 한번 어장에 데려가줄 수 있겠냐고 물었다.

"그럼, 내킬 때 언제든 오세요." 주인이 말했다. "가여운 아내가 있을 때만큼 좋은 공간은 아니지만. 아, 난 아내를 떠나보내기 싫었고 아내도 떠나기 싫었지만 그럴 수밖에 없었지. 우리가 어쩔 수 있는 문제가 아니니까. 왈가왈부할 수 있는 게 아니잖아요."

"앨미리 토드가 최고의 여성인 건 아시죠?" 헤어지려는데 틸리 씨가 물었다. 그는 문간에 서 있고 나는 좁다란 초록빛 들판으로 들어가던 참이었다. "과연 메인주를 통틀어도 그보다 마음 따뜻한 여잔 없거든요. 어렸을 때부터 알고 지냈는데. 어머니도 그보다 좋을 순 없어요. 전해주세요. 내일 아침 일찍 튼실한 놈으로 고등어 두세 마리 가져다드릴 참이라고." 그가 말했다. "잊어버리면 안 돼요. 가여운 아내는 항상 앨미리를 좋게 생각했는데. 고기 잡아줄 사람이 없다고 줄곧 나한테 말했고. 그런데 자꾸만 잊어버리고 말아. 선생님도 이따금 낚시에 나서서 쓸모를 보여주는 것 같더만."

우리는 절친한 친구들처럼 함께 웃음을 터뜨렸고, 나는 어장 이야기를 다시 꺼내 남쪽의 바닷바람과 높은 파도가 달갑지는 않는다고 털어놓았다.

"나도 마찬가지랍니다." 고기잡이 노인이 말했다. "다들 말이야 하기 나름이지만 그런 걸 좋아하는 사람은 없어요. 가여

운 아내는 배를 보기만 해도 싫어했다니까. 앨미리네 어머니
보다 좋은 어머니는 없지요. 선생님도 아시겠지만. 그린 아일
랜드에 사는 블래킷 부인 말입니다. 아내랑 여름이 되면 가보
자고 항상 계획하고는 했는데. 그렇지만 말이지, 아내에게는
선뜻 떠나고 싶을 만큼 날씨 좋은 날이 없었어요. 아내가 걱
정하는데 혼자 떠날 수도 없었고요. 그건 쓸데없는 짓이니까.
아내는 워낙 좋은 사람이라 우리는 안달복달하거나 골치 앓
은 적이 없었답니다. 밖에서는 여보, 당신 하다가 문 닫으면
둘이 악마처럼 낄낄거리고 놀았지요!"

들판 아래쪽으로 내려가다가 뒤를 돌아봤더니 그가 외로운
형체로서 여전히 문간에 서 있었다. "가여운 아내" 하고 나는
들릴 듯 말 듯 혼자 따라 해보았다. "지금은 어디에 있으려나.
자신이 남기고 간 작은 세상에 관해 알고 있으려나. 지난 여
덟 해 동안 무엇을 하고 지냈으려나!"

토드 부인에게 고등어 이야기를 전해주었다.

"일라이자 댁에 다녀온 거야?" 토드 부인은 솔깃해서 물어
보았다. "분명 조금 지루했겠지. 말이 많은 사람은 아니라서.
오랫동안 생선을 붙들고 지내면 말하는 법을 까먹는 모양이
던데." 그러나 그날은 말이 많았다고 대꾸하자 토드 부인이
잽싸게 내 말을 가로챘다.

"그럼 아내 이야기를 잔뜩 했겠지. 즐거운 대화 소재가 아
닌 건 마찬가지야. 죽은 아내는 낯선 사람들에게도 정중했지.

오랜 친구 중에도 그이 빈자리를 채울 수 있는 사람이 없어. 난 이제 그 집에 가고 싶지 않아. 없으면 그리운 사람이 있고 딱히 그립지 않은 사람이 있지만, 그 다정한 세라 틸리를 떠올리지 않는 날이 하루도 없는걸. 세라는 항상 그 자리에 있었지. 정말이야. 들판의 꽃처럼 항상 그 자리에 있다는 걸 알았어. 일라이자도 썩 괜찮은 사람이야. 난 일라이자를 좋게 보거든. 좀 지루하긴 해도 말이야."

제21장 뒤돌아본 풍경

　마침내 늦여름이 당도해 아침이면 집은 서늘하고 습했으며 햇살은 전부 초록빛 잎사귀를 투과해 들어오는 듯했다. 하지만 문밖으로 한 걸음만 나서도 어깨에 햇살의 따뜻한 손길이 닿았고, 고개를 들면 순식간에 투명한 하늘이 높이 떠오르는 것만 같았다. 바닷가에는 가을의 수증기도 8월의 안개도 없었다. 이런 것 없이 바다와 하늘, 긴 해안선, 내륙의 언덕, 만의 덤불과 전나무 꼭대기까지 전부 빛깔이 깊어지고 윤곽이 선명해졌다. 공기 중에 무언가 반짝여서 바다와 목초지의 풀밭에 촉촉한 광채가 빛났다. 북부다운 풍경은 이맘때가 아니고는 멀리 떠나야만 발견할 수 있었다. 북부의 여름이 아름다운 결말에 다다르고 있었다.

　더닛 랜딩에서 보내는 날도 얼마 남지 않았고, 구두쇠가 돈 쓰기를 주저하듯 나는 아까운 마음으로 하루하루를 뒤로했다.

처음 이곳에 도착해서 보낸 몇 주를, 약초가 자라나고 해가 뜨고 지는 것 외에는 아무 일도 일어나지 않던 그 긴 나날을 되찾고 싶었다. 한때는 어디로 산책을 가야 할지도 몰랐다. 이제는 런던에 있는 것처럼 반복해 할 만한 재미있는 일들이 많았다. 나는 마음이 급해 즐거운 계획을 잔뜩 짰고, 꽃송이 한 움큼이 바닷바람에 날아가듯 하루하루가 쏜살같이 흘렀다.

결국 나는 더닛 랜딩에 있는 모든 친구에게도 작은 집에 꾸린 보금자리에도 작별 인사를 고해야 했고, 돌아갔을 때 나 자신이 이방인처럼 느껴질까 두려운 곳으로 떠나야 했다. 이런 여름의 행복에도 한계는 있겠으나 단순한 생활이 주는 편안함은 충분히 매력적이라 소박한 삶에 결핍된 바를 채워주었고, 평화가 선사하는 선물은 분투하듯 살아가는 자들이 누리기 어려운 법이었다.

나는 정시 관념 없이 오후 중 언젠가 바다로 떠날 작은 증기선을 탈 예정이었고, 잠시 내 방 창가에 앉아 초록빛 약초밭을 내다보며 옆에 누군가가 있으면 좋겠다고 아쉬워했다. 온종일 토드 부인은 지극히 짤막하고 퉁명스러운 몇 마디 외에는 거의 말이 없었다. 꼭 한바탕 싸움을 앞둔 듯했다. 나의 떠남을 어떤 방식으로든 평온하게 받아들이기 힘든 것 같았다. 마침내 발걸음 소리가 들려 고개를 들었을 때는 문간에 서 있는 토드 부인을 발견할 수 있었다.

"이제 다 처리했어." 부인이 평소와 다른 사무적이고 큰 목소리로 말했다. "지금쯤이면 부두에 짐이 도착했을 거야. 보든 선장이 직접 와서 짐을 내렸고, 안전히 배에 실을 수 있도록 지켜볼 테지. 그래, 동생한테 필요한 건 다 해뒀어." 부인이 누그러진 어조로 반복했다. "식탁에 남겨둔 것들은 직접 들고 갈 짐이고, 바구니는 돌려줄 필요 없어. 이제 나는 항구 쪽으로 가서 에드워드 캐플린 노부인에게 어찌 지내시는지 물어보려고."

나는 흘끗 보고 확인한 친구의 표정에 마음이 흔들리고 말았다. 이미 떠나는 것에 충분히 애석해하고 있었건만.

"부두까지 쫓아가서 배웅하지 않더라도 이해해주겠지." 부인이 여전히 퉁명스럽게 굴려고 애쓰며 말했다. "그래, 난 가서 에드워드 캐플린 부인에게 안부를 물어봐야지. 이번이 벌써 세 번째 발작이고, 엄마가 일요일에 오시면 노부인이 어찌 지내시는지 궁금해하실 테니까." 토드 부인은 마지막 문장을 마치고는 깜빡했던 할 일이 문득 떠오른 듯 홱 뒤돌아 떠났기에 나는 분명 돌아오리라 생각했는데, 곧 부인이 부엌문 밖으로 나가 대문 쪽으로 이어지는 길을 걷는 소리가 들렸다. 그렇게 헤어질 수는 없었다. 작별 인사를 나누려고 쫓아가는데 부인이 나의 서두르는 발걸음 소리를 듣고서도 뒤도 안 돌아보고 손사래 치며 고개를 젓더니 그렇게 길을 따라 멀어졌다.

다시 들어가 아담한 집을 둘러보자 갑자기 집 안이 적적하게 느껴졌고, 내가 쓰던 방이 처음 도착했던 날처럼 텅 비어 보였다. 나와 내 소지품이 전부 죽어 없어진 듯했다. 나는 토드 부인이 귀가했을 때 손님이 사라진 집이 어떻게 보일지 깨달았다. 그래, 때때로 사람들은 눈앞에서 사라진다. 인생의 한 막이 결말에 다다르면 그저 멀거니 바라볼 수밖에 없다.

나는 식탁 위에 놓인 작은 꾸러미를 발견했다. 토드 부인이 아끼던 기묘한 서부 인디언들의 바구니, 언젠가 내가 근사하다고 칭찬했던 바구니가 있었다. 그 옆에는 바다에서 먹을 애틋한 저녁 도시락, 단정하게 묶은 서던우드 다발과 월계수 나뭇가지 하나가 놓여 있었고, 작고 낡은 가죽 상자 안에는 네이선 토드가 가여운 조애나에게 주려고 가져온 산호 머리핀이 있었다.

아직 한 시간이나 기다려야 했기에 언덕을 올라 학교 건물 바로 위까지 가서 자리 잡고 앉아 이런저런 생각을 하며 바다를 내다보고 내가 탈 배가 나타나는지 살펴보았다. 저 멀리 짙게 수풀이 우거진 그린 아일랜드가 자그맣게 눈에 들어왔다. 아래에는 마을의 주택, 사과나무와 정원의 흙이 부분부분 보였다. 곧 나는 그 너머 목초지를 바라보다가 다른 누구도 아닌 토드 부인을 마지막으로 엿보게 되었는데, 그는 바닷가 오솔길을 따라 항구 쪽을 향해 천천히 나아가고 있었다. 이렇게 먼 거리에서 보면 그의 인격을 지배하는 듬직하고 궁정적인 성정이 느껴졌다. 가까이 있을 때는 재주와 따뜻한 마음, 부산하게 이런저런 일을 해내는 집중력이 느껴졌는데, 오늘 멀리서 보니 동행 없는 모습에 동정심이 일었고, 기이하게도 침착하고 신비로운 분위기가 감돌았다. 이따금 몸을 굽히고 무언가를 꺾기도 했는데(그가 가장 좋아하는 페니로열인지도 몰랐다) 결국에는 한 오르막의 탁 트인 벌판을 천천히 가로지르다가 뾰족한 전나무와 짙은 노간주나무 숲 뒤로 다시금 사라져 내 시야에서 벗어나고 말았다.

작은 증기선을 타고 바닷가를 따라 이동하는데 물살이 거세지며 울퉁불퉁한 바위에 부딪혀 파도가 높이 일었다. 나는 갑판에 서서 뒤돌았고, 분주한 갈매기들이 어울리다가 등을 돌리거나 함께 허공을 길게 가로지른 끝에 성급하게 헤어져 파도로 뛰어드는 모습을 지켜보았다. 밀물이었고, 더불어 잔뜩 밀려드는 작은 물고기들은 머리 위에서 은색으로 번쩍이는 커다란 새들과 그 잽싸고 날카로운 부리의 존재를 알지 못했다. 바다는 생기와 활기로 가득했고, 파도 끄트머리가 뒤로 말려 바다로 스러지는 모습은 갈매기처럼 날개가 달린 듯했으며 날짐승에 어울리는 바람의 자유를 누리고 있었다. 넓은 물길을 지날 때 저녁 일과를 수행하기 위해 바닷가재 덫을 쭉 확인하고 있는 어깨 굽은 고기잡이 노인을 포착했다. 짧은 노를 들고 애쓰고 있었고, 증기선이 파도를 일으키는 바람에 그의 작은 배가 뒤척이다 가라앉았다 다시 뒤척였다. 그

광경을 살펴보던 나는 그가 일라이자 틸리라는 것을 알아보았다. 오랫동안 서먹하다 이제 막 다정한 친구가 된 사이였고, 동료를 기다리면 좋았을 텐데, 혼자서 노를 저어 거친 바다를 뚫고 바닷가재 덫을 살피러 가다니 얼마나 힘겨울까 마음이 쓰였다. 배가 스칠 때 내가 손을 흔들어 그를 부르자 그가 얼굴을 들고는 무겁게 고개를 끄덕여 나의 작별에 대답했다. 작은 마을과 돛만 훌쩍한, 망가진 고기잡이배들이 늘어선 만 안쪽 모습이 잠시 평평한 바다 위로 솟았다가 가라앉아 해안선의 풍경에 섞여 들었고, 초록빛 가시금작화와 바위가 가득한 바닷가 위에 뭉개진 듯한 다른 마을들과 구분할 수 없어졌다.

만 바깥에 있는 작은 섬들의 절벽에는 어린 풀처럼 싱그러운 잔디가 소복했다. 지난주에 며칠 동안 비가 내린 탓에 목초지 구릉 여기저기에 소귀나무의 짙은 초록이 흩뿌려져 있었다. 바닷가 풍경만 보면 여름 초입 같기도 했으나 동절기를 맞아 털이 부풀어 동글동글 따뜻해진 양들이 야트막한 오후의 햇살 속에서 경사면을 따라 풀을 뜯으며 계절을 증명했다. 곧 바람이 불기 시작하고 우리 배는 육지를 감싸는 기다란 곶을 빙 둘러 바다 쪽으로 나아갔는데, 내가 뒤돌았을 때 섬들과 곶은 한데 어우러져 있었으며 더닛 랜딩과 바닷가 풍경은 이제 사라져 보이지 않았다.

해설

잔잔한 파도처럼 가만가만 밀려드는 기억들

"자기 공간을 향한 나의 애착은 야옹, 하고 운 적 있는 그 어 떤 고양이보다도 강하답니다."

세라 온 주잇은 스스로 묘사한 대로, 그리고 미국 지방주의 문학의 선구자라는 세간의 평가에 걸맞게 자기 공간에 깊이 속한 존재였다. 새파란 하늘과 몽글거리는 흰 구름, 윤슬이 부서지는 바다, 청량한 바람의 염도를 가늠하다 나이 든 어부 들이 주고받는 아득한 웃음 쪽으로 고개를 돌리면 자그마한 돛단배들이 한들한들 흔들리고 이름 모를 바닷새들이 조약 돌처럼 돛을 옮겨 다니는…….《뾰족한 전나무의 땅》이 그리 는 평화롭고 소박한 뉴잉글랜드의 바닷가 풍경은, 주잇의 첫 장편인 《디프헤이븐》과 마찬가지로, 북동부 메인주의 바닷가 마을 사우스버윅에 기반한 것이었다. 1849년 늦여름에 태어 나 1909년 한여름에 떠나기까지 그가 평생 발붙이고 사랑한 땅이었다.

주잇 가문은 여러 세대에 걸쳐 뉴잉글랜드에 터를 잡고 살았고, 세라의 아버지는 동네 주민들의 건강을 책임지는 의사였다. 아버지가 왕진 가방을 들고 마차에 오르면 어린 세라는 개근의 의무를 잊고 옆자리를 차지했다고 한다. 병세를 논의하는 아버지와 이웃들의 목소리에 귀를 기울이다 이따금 문간에서 갓 튀긴 도넛을 얻어먹고 저녁 식탁에서 가족과 함께 주민들의 안위를 염려하는 일상은 사회의식을 기르기에 더할 나위 없는 환경이었으리라. 또한 어려서부터 앓았던 관절염을 완화하기 위해 흙길과 바닷가로 산책하러 다니며 자연을 향한 애정을 길렀으니, 뉴잉글랜드의 자연과 생활을 섬세하게 묘사한 《뾰족한 전나무의 땅》을 대표작으로 남긴 것은 운명이었을지도 모르겠다.

사실 전형적인 형식의 소설은 아니라 제4장까지 짤막하게 끝나고 리틀페이지 선장의 이야기가 시작될 즈음에는 목차를 들추며, 그래서 이건 무슨 이야기지? 주인공이 누구야? 화자는 누구고? 하며 의아해할 독자도 있을지 모르겠다. 이 소설에는 명확한 서사도, 주인공도 없다. 화자가 있기는 한데 이름조차 밝히지 않는다. 그저 대도시에서 남편이나 아이 없이 글쓰기를 업으로 삼아 살다가 한적한 더닛 랜딩에서 여름을 보내고 있다는 것, 때는 지극히 보수적인 빅토리아 시대일지언정 버지니아 울프가 명명한 '집 안의 천사'와는 거리가 있는 나이 지긋한 독립 여성이라는 것을 유추할 수 있을 뿐이다. 그는 이야기의 중심에 서는 대신 뒤로 물러나 더닛 랜딩의 풍경과 생활을 묘사하고, 인물들의 대화에 끼어들 때도 신중에 신중을 거듭하며 토드 부인이나 블래킷 부인, 조애나, 윌리엄 등 그곳에 살거나 살았던 여러 인물의 사연을 성심성의껏 전달한다. 과연 소설의 시작과 결말은 화자가 더닛 랜딩에 도착하고 떠나는 장면으로 이루어져 있으니 어쩌면 주인공은 더닛 랜딩이라고 해야 할 것 같다. 화자가 더닛 랜딩의 정신적 지주와도 같은 토드 부인의 집에 정착해 새로운 공간의 역사와 생활의 리듬을 익히고 작은 분란들을 일으키며 지역사회에 녹아드는 과정, 즉 변화와 상호작용을 통해 형성되는 공동체 그 자체가 주인공인 것이다.

사실 주잇이 살았던 19세기 메인주의 바닷가 마을들은 미국 여느 지역과 마찬가지로 평화와 거리가 멀었다. 당시 미국은 산업혁명에 따른 기술과 교통, 통신의 비약적인 발전을 통해 폭발적인 경제성장을 누렸고, 자연스럽게 가속된 도시화로 엄청난 수의 이민자가 유입되어 인구 또한 급증했다. 그리고 루이지애나, 플로리다, 텍사스로 영토를 확장했던 기세를 이어 대륙횡단철도를 놓고 극지방 탐험에 나섰다. 리틀페이지 선장의 이야기라든가 주잇의 소설보다 40여 년쯤 앞선, 따라서 선장의 중장년기와 시대적 배경을 공유하는, 허먼 멜빌의 《모비 딕》 같은 작품에 등장하는 거대 자연에 맞서는 인간의 모습은 당시 '대륙으로서 미국'이 보여주던 폭발적인 진보의 광기를 반영하는 것이었다.

당연하게도 사우스버윅 같은 어업 기반 소도시들은, 더닛이 "저수위에 도달했다"라는 리틀페이지 선장이나 포스딕 부인의 토로, 나이 든 어부 일라이자 틸리의 생활 묘사에서 짐작할 수 있듯 산업 발달과 도시화의 흐름에서 비켜나 실로 쇠락의 길을 걷고 있었다. 그때는 강한 개체가 살아남는다는 다윈주의를 인간 사회에 적용한 사회적 다윈주의, 즉 제대로 발전하지 못하는 지역은 도태되기 마련이라는 혹은 도태되어 마땅하다는 관념이 유행하던 시기였다. 하지만 본디 인간은 자기가 위치한 시공간적 배경과 역사적 맥락 속에서 최선을 다해 살길을 찾고, 그렇게 사회는 이어지기 마련이다. 주잇은 인간 본연의 적응력과 자기 공간을 향한 애착을 잘 알았다. 그래서 사랑하는 고장의 암울한 현실을 그대로 담는 동시에 희망적인 전망을 포착했다. 가령 겨울이면 고기잡이 대신 뜨개질에 매진하는 틸리와 달걀 도매업에 뛰어든 더닛 랜딩의 세련된 청년들, 보든가 모임을 채우는 "시끌벅적한 아이들"의 소리를 잊지 않은 것이다. 불편한 현실을 지우거나 꾸미는 대신, 자기 뿌리와 사회를 사랑할 줄 아는 사람은 생활에 최선을 다하며 어떻게든 살아가기 마련이라는 "어느 시대에든 속할 수 있는" 진실을 바라보았고, 그 밝은 눈으로 자기 고장의 더 나은 미래를 그렸다. 어쩌면 자기 뿌리와 사회를 애틋이 품은 작가로서 최선의 글쓰기를 실천한 것이리라. 그럼으로써 19세기 문학 속 진보하는 미국의 재현도 완전해질 수 있었다.

한편 산업혁명으로 인한 기술 발전과 진화론을 비롯한 다양한 과학적 발견은 전통적 가치를 향한 의심을 낳았다. 영국의 빅토리아 여왕은 전환기를 맞아 혼란에 빠진 시대에 안정적인 통치를 꾀하기 위해 종교와 도덕, 가정, 의무 등 구시대적 가치를 고집했고, 미국도 큰 영향을 받았다. 경직된 도덕관과 성별 고정관념으로 인해 여자는 일찍 결혼해 아이를 낳고 가정에 헌신하며 정숙하게 살아야 한다는 사고방식이 지배적이었지만, 그때는 도시화의 물결 속에서 재봉사, 공장노동자, 비서, 교사, 가정부, 점원 등 직업을 통해 자기 생활을 꾸리는 여성들, 자기 주체성을 행사하는 '신여성' 집단이 나타나고 여성주의와 참정권 운동이 시작된 시기이기도 했다.

이렇듯 전통적 가치와 시대적 변화가 충돌하는 세상에서 주잇은 더 나은 공동체를 꿈꾸기를 멈추지 않았다. 더닛 랜딩에는 어떤 거창한 가치를 위해, 이를테면 공동체의 번성이나 안정적인 운영을 위해 개인을 꺾으려는 분위기가 없다. 각자의 형편과 성정에 맞게 살고, 서로서로 이해하고 타협하며 어울린다. 가령 화자는 처음 더닛 랜딩에 도착했을 때 토드 부인의 허브 채집 생활에 푹 빠져 이웃과 어울리며 살다가 곧 자신의 본분, 글쓰기라는 업을 상기한다. 그래서 글을 써야 한다며 학교 건물을 빌리는데, 여성의 본분 같은 것을 들먹이며 이의를 제기하는 사람은 아무도 없으며 이해관계가 있는 토드 부인 역시 저어하지 않는다. 두 사람은 타협하며 오히려 돈독해진다.

더닛 랜딩이 이룬 공동체의 진가는 기인을 품는 태도에서 드러난다. 조애나 토드는 실연 후 세상을 등지고 섬에 들어가 사는 실로 눈물겨운 인물이다. 화자의 표현처럼 여린 성정을 지녔고 혼란한 시대를 살아가며 참을 수 없는 슬픔의 "서글픈 계보"를 잇는 인물이리라. 어쨌든 포스딕 부인의 논평을 통해서도 알 수 있듯 동시대의 관점에서도 다소 과한 반응이었지만, 사람들은 돌아오라고 강요하거나 아예 그의 존재를 지워버리지 않고 은둔을 존중한다. 굴뚝에서 연기가 나는지 확인하고 이따금 그가 좋아할 만한 것들을 선물하는 방식으로 에둘러 애정을 표현하고, 그가 죽은 뒤에도 공동체의 일원으로 포용해 모두 한마음으로 애도한다. 과연 "한 사람에게 그 정도의 자유와 자발적인 은둔을 허락하는 사회란 어떤 곳일까" 경탄할 수밖에 없는 것이다.

리틀페이지 선장도 마찬가지다. 《실낙원》을 인용하며 극지방 탐험에 관한 다소 허황한 무용담을 전하는 그를 향한(어쩌면 고향을 다윈주의에 맡기고 극지방에 야망을 품었던 당대의 모든 탐험가를 향한) 주잇의 감정은 '보잘것없는(little) 책장(page)'이라는 작명에서도 은은하게 느껴지지만, 더닛 랜딩의 인물들은 그를 향한 온정을 잃지 않는다. 화자 역시 그의 이야기에 열심히 귀를 기울이고, 굳이 반박하지 않으며, 자신의 이야기와 불화하는 최신 지도 앞에서 혼란에 빠진 그를 가만히 응시할 뿐이다. 과연 토드 부인의 말처럼 "나이 든 양반인데 적당히 맞춰주며 하고 싶은 대로 하게 놔둘 수도" 있잖는가. 새로운 땅을 개척하려는 시대의 야망이라든가 해양 산업과 과학, 서사의 논리성에 관해 저마다 의견이야 펼칠 수 있겠지만, 어울림이란 옳고 그름의 문제만은 아니니까. 블래킷 부인처럼 "완전한 이타"를 발휘해 잠시 자신을 잊고 다정함을 베푸는 순간이 개개인을 이어주고 공동체를 다진다는 사실을, 주잇은 보여주는 것이다.

더닛 랜딩의 또 다른 산뜻한 매력 가운데 하나는 종교나 도덕, 그리고 고정관념에 얽매여 있지 않다는 것이다. 보수적인 가치를 고집하던 시대였건만, 이곳의 부인들은 목사의 자질을 품평하고 귀찮게 굴면 밀쳐 넘어뜨리기도 주저하지 않으며 "우리 시간 다 잡아먹을 남자들"을 떠받들 생각이 없다. 더닛 랜딩이 통념이나 규율에서 완전히 자유로운 곳은 아니되 이곳의 긍정적인 인간상은 규칙과 역할, 타인의 군말보다는 자기 주체성을 발휘해 생활하며 같은 방식으로 살아가는 이웃을 존중하는 사람이다. 가령 아내와 사별한 뒤 똑같이 살림을 유지하며 겨울에는 뜨개질로 생계를 꾸리는 일라이자 틸리, 자기만의 방에서 글 쓰며 생활하는 이름 모를 화자뿐만 아니라 가장 두드러지는 예시인 토드 부인이 있다. 그는 남편을 여읜 뒤 허브 사업으로 자기 생계를 꾸리는데, 의사와 어깨를 나란히 하는 경쟁 상대로서 "평범한 인체의 질병 이상", "사랑과 증오, 질투와 바다의 맞바람"까지 취급함으로써 영혼의 건강까지 보살펴 고대 그리스의 여성 예언자인 시빌라에 비유되기도 한다. 그리고 "만나러 갈 엄마만 있다면 영원히 어린아이로 살 수" 있다며 자식 없이 혼자 사는데, 그런 그가 가장 좋아하는 허브가 당시 임신중절에 사용되던 페니로열이라는 사실은 과연 의미심장하다.

구시대와 신시대 어느 쪽에도 완전히 속하지 않는 사뭇 독특한 인물들은 사실 주잇 자신의 삶이 반영된 결과였다. 그를 설명하기 위한 또 다른 공간, 평생의 반려인인 작가 애니 필즈를 비롯해 문단의 친구들을 만나 어울린 보스턴은 사우스버윅과는 사뭇 달리 진보와 개혁의 최전선이었다. 그리고 주잇은 작품의 화자와 마찬가지로 남성과 결혼해 아이를 낳고 가정에 헌신하는 '집 안의 천사'가 아니었다. 줄곧 여성들을 사랑했고, 애니 필즈의 남편이 죽은 뒤 소위 '보스턴 결혼'● 생활을 하며 살았다. '보스턴 결혼'이 헨리 제임스의《보스턴 사람들》에서 유래했다고 하는데, 사실 필즈는 제임스에게 문

● 남녀 부부와 마찬가지로 헌신적이고 장기적인 관계를 맺고 함께 살아가는 여자들의 관계를 뜻한다.

학적 조언을 해주는 사이였고 제임스가 필즈와 주잇의 관계에 영감을 받아 소설을 집필했다고 전해진다. 사실 당시의 보수적인 성 관념은 여성을 무성적인 존재로 취급해 남성 동성애자는 징역형에 처하면서도 여성에게는 결혼 생활에 대비할 수 있다는 말도 안 되는 구실로 동성애를 장려하기도 했다. 그만큼 성 정체성에 대한 관념이 지금과는 판이했지만, 주잇과 필즈는 반지와 맹세를 교환하고 기념일에는 연애시를 전했다. 메인에 있는 주잇의 집과 보스턴에 있는 필즈의 집을 오갔으며, 함께하지 못할 때는 매일 편지로 소식을 전하는 등 진심 어린 관계를 이어갔다. 케이트 쇼팽이나 샬럿 퍼킨스 길먼 등 다른 19세기 대표 여성 작가들과 세라 온 주잇의 인물들이 사뭇 다른 연유는 그가 고향을 사랑한 탓도 있지만 여성을 욕망해 새로운 관계를 꿈꾸고 실천한 탓도 있으리라. "당신만의 꿈을 꾸고 더 반짝이는 새로운 이상을 찾아나가야 해요." 주잇이 자신의 뒤를 이어 지방주의 문학의 대표 작가가 된 윌라 캐더에게 전한 조언이다.

오래된 이국의 소설을 읽는 이유가 무엇일까. 자기 애호에 관해 설명을 늘어놓아봤자 이미 저질러진 사랑을 정당화하는 것이기에 그 이유란 기껏해야 반쪽짜리일 뿐이지만, 《뾰족한 전나무의 땅》을 작업하는 동안 나만의 답을 되새길 수 있었다. 너무나도 다른 생활의 모습 속에서 같은 꿈을 꿀 수 있다는 것이다. 19세기 미국과 21세기 한국은 천지 차이지만 급변하는 경제와 사회구조로 인한 전환기를 겪고 있다는 점은 유사하고, 쇠퇴하는 지방이라든가 늘어나는 이민자, 지나친 사회적 압박감, 난관에 부닥친 페미니즘 역시 두 시공간이 공유하는 상황이라고 생각했다. 그러나 사람들이 자기만의 성정과 기벽 그대로 타협하고 어울리며 살아갈 수 있는 사회, 심지어 은둔자조차 은둔의 결심을 존중받아 내쳐지지 않는 유토피아 같은 그곳을 주잇과 함께 꿈꿀 수 있었다. 밝지만은 않은 현실 속에서 주잇이 그린 자기만의 꿈 덕분에 나 역시 내가 딛고 있는 이 땅에서 엷게나마 희망적인 전망을 포착할 힘을 얻은 것이다. 나고 자랄 자연을 선택하지 않았으나 그 속에서 살며 사랑하기를 익히는 생의 조건을 향한 애틋함, 이것이야말로 시공간을 초월한 문학의 이유가 아닐까. 잔잔한 파도처럼 가만가만 밀려들고 물러나는 주잇의 문장 속에서, 독자들도 자기만의 꿈과 애정을 키울 수 있기를 바라는 마음이다.

임슬애

휴머니스트 세계문학 037

뾰족한 전나무의 땅

———————————————————————————

1판 1쇄 발행일 2024년 12월 2일

———————————————————————————

지은이 세라 온 주잇
옮긴이 임슬애

발행인 김학원
발행처 (주)휴머니스트출판그룹
출판등록 제313-2007-000007호(2007년 1월 5일)
주소 (03991) 서울시 마포구 동교로23길 76(연남동)
전화 02-335-4422 **팩스** 02-334-3427
저자·독자 서비스 humanist@humanistbooks.com
홈페이지 www.humanistbooks.com
유튜브 youtube.com/user/humanistma **포스트** post.naver.com/hmcv
페이스북 facebook.com/hmcv2001 **인스타그램** @boooook.h

편집주간 황서현 **편집** 김대일 이성근 김선경 **디자인** 김태형 차민지
조판 아틀리에 **용지** 화인페이퍼 **인쇄·제본** 정민문화사

ISBN 979-11-7087-268-9 04840
        979-11-6080-785-1 (세트)